Titolo | Io e Valentino
Autore | Anna Piccolini
ISBN | 9788891115720

Youcanprint Self-Publishing
Via Roma, 73 - 73039 Tricase (LE) - Italy
www.youcanprint.it
info@youcanprint.it
Facebook: facebook.com/youcanprint.it
Twitter: twitter.com/youcanprintit

Io e Valentino

Amore senza tempo

IO E VALENTINO

(*Amore senza tempo*)

Ringraziamenti

Voglio fare un breve ringraziamento agli eventi, a tutto quello che nella mia vita mi porta a scoprire nuovi affascinanti percorsi. Mi scuso per non avere dedicato tempo e pagine a ringraziamenti e lunghe prefazioni, ma io sono un'informatica e mi piace andare subito al sodo, attraverso il cammino più breve e logico. Ringrazierò le persone che mi hanno aiutato inserendole nel libro, e loro si riconosceranno.
Vi voglio bene.

Sento un odore diverso. E' odore di mare, ma come è possibile? Io abito in una pianura e gli odori sono ben diversi. A volte sono pungenti, ma non certo di questo tipo.
Apro gli occhi, ma non riconosco il luogo in cui mi trovo. Cosa accade?
Forse non sono ancora sveglia, eppure mi sembra di esserlo.
Mio Dio ora riconosco il luogo. Sono a casa tua, ma come è possibile? Non sono più…

17 maggio 2014

Mi chiedo ancora perché ho iniziato questo manoscritto, ma seguire il mio istinto mi ha portato a trovare una nuova dimensione. Ora sono felice.
Non è stato semplice, perché esprimere i propri sentimenti richiede una buona dose di coraggio, ma se a condurre la vita è l'amore, tutto diventa più facile.
Le emozioni fluttuano dal cuore alla mente che cerca in qualche modo di tradurlo in un testo che possa essere compreso da una persona che non sia tu, ma con la quale vorresti condividere quest'esperienza.
Ognuno di noi ha provato queste sensazioni, e non solo per una persona, ma anche per il suo amato compagno a quattro zampe.

21 maggio 2014

Eccomi! Sono la prima di due figli, in realtà sarei la terza perché ho perso due sorelle, morte prima che io nascessi. Si chiamavano esattamente come me.
Non era poca fantasia da parte dei miei genitori, ma volevano che la loro figlia portasse il nome della nonna. A descriverlo sembra insolito, e crea i presupposti per una vita "strana", ma vi dirò: mi piace tanto la mia vita, perché di ordi-

nario non ha proprio nulla! Forse a un occhio inesperto potrebbe sembrare confusa, ma il mio modo di vivere ogni attimo lasciando che la fantasia possa continuamente viaggiare la rende irrimediabilmente meraviglia.

Sono ancora viva! Questo lo dico per tutti coloro che sono superstiziosi. Sino ad ora non c'è stato il due senza il tre.

Certo sono stata più volte sul punto di lasciarvi, ma se sono qui, c'è un perché!

Solo ora mi rendo conto che tra qualche giorno è il mio compleanno. Sento che quest'anno succederà qualcosa di speciale.

Ma andiamo con ordine: vi racconterò alcuni degli avvenimenti salienti che mi sono successi. La vita è fatta per essere vissuta. Lasciandosi trasportare, qualcosa di buono accadrà sempre.

Vediamo un po'. Inizio raccontandovi che quando avevo due anni ho avuto un incidente piuttosto serio.

Avevamo una Diane con il tettuccio apribile, stavamo andando in vacanza.

Il camion che percorreva la strada davanti a noi perse dei barili di olio che invasero la corsia. Questo rese impossibile governare l'auto e precipitammo in un burrone. Mia madre racconta che il tettuccio si è aperto e sono stata scaraventata sul terreno. Quando mi ha raggiunta ero illesa e al mio fianco c'era un'enorme valigia. Lei dice sempre che un angelo l'ha deviata. Sicuramente il mio angelo ha avuto un gran bel da fare!

Insomma chi ben comincia è a metà dell'opera. Quello che è successo, nel bene e nel male, mi ha reso quello che sono, e quello che sono mi piace. Sono uno spirito libero che non ha catene e non le vuole avere.

La vita di figlia mi ha consentito di imparare a interpretare ciò che le persone non dicono e quello che vorrebbero sentire. Mi ha reso molto sensibile ed empatica.

Certo, mettersi a nudo è veramente difficile. Metaforicamente parlando, ovvio.

La natura umana è complessa, fatta di tante imperfezioni che però ci rendono unici e belli agli occhi di altri. L'importante è amarsi. Amarsi proprio per questa unicità che nessun altro può avere. E' un peccato che io non possa conoscerti, tu che in questo momento stai leggendo questo "libro". Forse è un po' esagerato chiamarlo libro, certo io non ho alcuna pretesa di considerarmi una scrittrice, ma semplicemente una persona che esprime i suoi pensieri, le sue emozioni, la sua vita in un file di Word.

Sto crescendo e le scuole medie sono state la scoperta del primo amore, o meglio a undici anni c'è stato il primo innamoramento. Si chiamava Mirco e credo ora lavori in una casa editrice.

Era un ragazzino veramente carino. Io a lui devo la vita, perché un giorno tornando a casa insieme, non mi sono resa conto che stavo attraversando la strada mentre il nostro semaforo era in pieno rosso. Lui ha avuto la prontezza di prendermi e riportarmi sul marciapiede. Ti sono debitrice Mirko, se mai avrai bisogno, sarò lieta di fare per te qualcosa d'importante.

Sono oramai cresciuta. A diciannove anni mi sono trasferita da una zona abbastanza centrale di Milano, Corso Lodi in una parallela di Viale Famagosta con i miei genitori, ed è lì che è avvenuto il terzo di quelli che io considero "salvataggi".

Ero sopra pensiero ed ho commesso lo stesso errore che avevo fatto con Mirco, ma questa volta non so dire chi mi abbia riportato sul marciapiede. Quando ho guardato dietro di me, sconvolta per quello che era accaduto, non c'era nessuno. Chi era?

Vi devo fornire un'informazione molto importante: *io sono una fifona!*

Ho paura del buio, dei fantasmi e di tutto quello che non è concreto. Quando sento un rumore, la mia mente fornisce una interpretazione logica, ma in questo caso non è stato possibile. Pertanto io stessa non sono in grado di rispondere alla domanda che mi sono posta.

Tutto questo per spiegare che di cose strane ne ho viste parecchie, ma mai avrei immaginato quello che sto per raccontare.

22 maggio 2014

Le giornate passano monotone, ma fortunatamente la sera ci sono i corsi di cucina. Noi abbiamo da sette anni una scuola di cucina. Lo chef è mio marito. E' la persona più in gamba che abbia conosciuto. Un professionista, non solo nell'arte del creare, ma anche in quella dell'insegnamento. E' comprensivo e ha sempre tanto da trasmettere. E' veramente unico. Non ama l'aspetto mediatico, quindi sin dall'inizio non ha mai voluto apparire in televisione o scrivere libri di cucina.

Ritornando a noi, negli ultimi tempi ho stranamente sviluppato un interesse per Rodolfo Valentino.

Dopo avere visto la fiction trasmessa in televisione che narrava la sua vita, avevo adocchiato alcune foto, ma devo dire che truccato non mi sembrava particolarmente attraente. In seguito, ho guardato suoi cortometraggi, alcuni film su YouTube, e moltissime foto. Wow, è veramente bellissimo!

Con certezza posso affermare che Valentino è una combinazione di geni fuori dal comune.

Con il proseguire delle ricerche la curiosità è aumentata.

Su Internet si trova di tutto su di lui. Anche filmati riguardanti la sua morte.

La cosa bizzarra è che alcune persone asseriscono di vederlo ancora e che si manifesti come un latin lover.

Sarà solo suggestione.

Insomma tra mille dubbi e incertezze, navigo in questi giorni nel mondo della celluloide degli anni '20.

Ho iniziato queste ricerche perché sono sempre stata affascinata dagli anni '20, dall'architettura alle auto, agli abiti con una particolare predilezione per le scarpe.

Era meraviglioso anche il loro modo di divertirsi: la vivacità delle flapper, le ragazze dai capelli corti che amavano ballare per le strade il Charleston; insomma tutto. I meravigliosi Anni Ruggenti!

Nelle mie ricerche ho scoperto quanto Rodolfo Valentino amasse divertirsi e scherzare.

Così questa mattina, mentre ero nel letto senza alcuna voglia di alzarmi, il mio tablet ha emesso uno strano suono.

Sinceramente non mi interessava del perché di quel rumore, ma l'istinto mi diceva che dovevo approfondire.

Aprendolo ho visto che si trovava su di una pagina di Google che non avevo selezionato.

Ho guardato perplessa lo schermo e l'ho richiuso.

Dopo pochi secondi ha emesso un nuovo sibilo.

Sempre più stupita, l'ho riaperto e osservando la videata mi sono resa conto che mostrava "Falcon Lair" la casa che è stata di Rodolfo Valentino.

Che peccato che non ci sia più!

Per controllare che non fosse una funzione del programma ho provato a non chiudere più il tablet. Forse ero io che premevo involontariamente qualcosa.

E' stato proprio in quel momento che mi è preso il panico, perché hanno incominciato a scorrere, senza che io intervenissi in alcun modo, immagini di vari siti che ritraevano sia la casa che lo stesso Rodolfo Valentino.

Mi sono domandata cosa provocasse quella situazione, e sinceramente non saprei proprio dirlo. La paura però era insolitamente accompagnata da una strana euforia.

Era tutto troppo inspiegabile e quindi non solo ho richiuso il tablet, ma sono andata in un'altra stanza.

Solo più tardi, quando avevo rimosso quello che era accaduto, sono andata a rivedere un video di Valentino. Tutto era tornato normale.

26 giugno 2014

La notte era calata, ero nuovamente coricata e nella mia mente scorrevano le immagini del video che avevo visto. Ero affascinata e confusa. Non riuscivo a capire perché mi sentissi in quel modo. In fondo era un personaggio interessante ma morto da tanto! Non avevo alcun motivo per essere attratta da lui.

Non male sarebbe conoscerlo! Avevo pensato.

La sola idea si sarebbe scontrata con una delle mie più grandi paure. Una parte di me era completamente incredula per quello che stavo per fare.

Ho allungato il braccio nel vuoto allargando le dita e ho desiderato intensamente che le stringesse tra le sue.

Ero io che stavo chiedendo di vedere o lasciarmi toccare da un fantasma? Questo superava ogni mia aspettativa di stranezza.

Oggi al corso professionale ho parlato con un'allieva degli eventi strani della vita. Lei è amica sin dall'infanzia di una "veggente", questa è la definizione che le ha attribuito. Ho conosciuto tante persone con capacità straordinarie, forse è un altro tassello del mio percorso. Nulla succede per caso.
Cecilia, questo è il nome, non possiede un tariffario e le offerte sono libere. Il mio istinto mi dice che posso fidarmi.
Lunedì entro le 11:00 dovrò recarmi presso il suo studio. Non so cosa aspettarmi, ma soprattutto mi chiedo perché vado. Sarà la curiosità di capire quello che sta accadendo.
Non sono mai stata così scossa.

1 luglio 2014

E' passato un altro giorno. Ieri sera, dopo essermi scaricata una serie di canzoni che amo particolarmente, le ho ascoltate con gli auricolari. La notte calava e quelle melodie romantiche mi riportavano alla mente il volto di Valentino, il suo sorriso, quel modo speciale di essere semplice, di una semplicità che potrebbe sembrare finzione.
Mentre il mio viso s'illuminava, ho sentito muoversi la spallina della mia camicia da notte che avevo appena indossato. Incredula ho passato velocemente la mano per sistemarla. Non capivo come fosse possibile, ma cadeva continuamente.
E' stato imbarazzante perché in contemporanea si sollevavano i lembi inferiori. In un primo momento mi sono innervosita, ma in seguito il cuore ha incominciato a battermi all'impazzata. Chiaramente qualcuno era con me. Bizzarro modo di far notare la propria presenza!
Ho sperato intensamente che succedesse altro, ma forse non era il momento.

Strimpello sulla tastiera quasi fosse un pianoforte sviscerando le mie emozioni, sono sola nella stanza e ascolto la musica dal computer, ma ...
Sta accadendo qualcosa di strano. Mio Dio! Mi sembra di sentire che qualcuno sfiori il mio braccio, è una leggera sensazione.
Che cosa faccio?
Continuerò a scrivere nella speranza che non si interrompa. E' difficile rimanere calmi. Non capisco più nulla. E' proprio una persona che mi sta accarezzando.
Lentamente sta raggiungendo la mia mano. La solleva e intreccia le sue dita tra le mie.
Sono elettrizzata, vorrei manifestare le mie emozioni, ma non lo faccio perché mi vergogno. In cuor mio spero sia Rodolfo Valentino.
Sono trascorsi dieci minuti di pura estasi. Ma dov'è la paura? E' un fantasma!
Questa stupefacente calma sarà dovuta al fatto che non si è mostrato.
No, dovrei comunque essere terrorizzata, e invece sono felice. E' la sensazione più bella che si possa provare.
Non te ne andare! Ti prego, rimani con me.
Ho le lacrime agli occhi e non solo per la felicità, ma perché non percepisco più nulla.
Dove sei? Perché sei andato via? Toccami ancora. Non ho paura, voglio sentire ancora la tua mano su di me.
Desidero con tutte le mie forze che tu riesca ancora ad abbattere le "barriere" e torni da me. Se per questa sera non accadrà, ti porterò comunque nei miei sogni.
Domani sarai costantemente nei miei pensieri.
Mi sorge un dubbio.
E se non fosse Valentino, ma uno dal quale io non sarei mai attratta?
Basta pensare, a domani.

Anche se è assurdo credo di provare qualcosa per lui, pur non vedendolo e non potendolo toccare. Il mio cuore mi dice che la presenza misteriosa sia proprio Rodolfo Valentino. Ora continuo a ricercare le sue foto su Internet.

Le mie immagini preferite sono quelle in cui non è perfetto, anzi sembra un po' cicciottello con le borse sotto gli occhi. Io amo le imperfezioni.

Mi comporto in modo strano. Sono cambiata. Sono diventata romantica, di un romanticismo che non si addice al mio carattere. Rimango a fissare un vuoto, che per me vuoto, non è, perché so che lui è li.

Ora le sue manifestazioni attraverso le carezze sono sempre più frequenti. In quei momenti il mio volto si illumina e sorrido senza alcun motivo.

Non avrei mai pensato di poter essere felice per una situazione cosi fuori dal comune.

E ora che è qui vicino a me, non lo vedo ma gli sorrido, perché non serve vedere per capire quando è vicino, bastano gli occhi dell'amore.

Sento i brividi sul braccio perché mi sta toccando. Credo anche che mi voglia baciare.

Incredibile! Chissà quando potrò vederlo!

Ho chiaramente pensato di non "avere tutte le rotelle a posto", ed ho fatto tanti esperimenti.

Ad esempio, ieri seri sono andata a occhi bendati verso la porta chiusa e gli ho chiesto di mettere la mia mano esattamente sulla maniglia e condurmi in bagno senza che mi facessi male. Non ha mai disatteso le aspettative.

Mi manca solo la possibilità si ricambiare le sue carezze. Posso solo immaginarlo quando lui muove la mia mano nel vuoto, con dei movimenti che sembrano delle carezze sul suo viso.

E' un sogno! Sento al tatto che c'è qualcosa, ma non è la pelle.

Come sarà il contatto fisico? Sarà freddo?

O meglio credo sia così. Ho visto molti documentari in televisione che parlano di queste entità e dicono che si percepisce del freddo in loro presenza.

Ora che fa caldo sarebbe perfetto!

In realtà, quando si avvicina, sento sempre caldo, un terribile calore.

Non sono in grado di catalogare con precisione i miei sentimenti. Lui, lo so che è pazzesco da dire, ma è sicuramente il mio più grande amico.

6 luglio 2014

E' veramente in gamba. Non lo vedo e mi elettrizza.
All'inizio credevo che la voce che sentivo nella mente fosse la mia coscienza.
E' stato lui a farmi capire che non era così.
E' lui che mi rincuora dicendo che troveremo il modo di incontrarci qui e in questo tempo.
Non vedo l'ora di poterlo abbracciare, di stringerlo quasi fino a soffocarlo, e coprirlo di baci.
La notte mi stringo in un angolo affinché lui possa dormire al mio fianco.
"Amore riuscirò a vedere il tuo volto sul mio cuscino?"
Lo so che tu dici che non hai le esigenze di un vivo, ma io non smetto di sperare di trovarti al mio fianco al mio risveglio.
La notte, quando mi svegli, voglio poter rispondere ai tuoi baci con le mie labbra sulle tue, guardarti negli occhi e dirti quello che provo.
Succede qualcosa di strano. Mi allontana le mani dalla tastiera.
Entità: Dissipiamo i dubbi, io sono Rodolfo Alfonso Raffaello Guglielmi in arte Rodolfo Valentino.
Rodolfo scrive: Anche per me è tutto diverso e mi sorprendo tutte le volte che mi guardi pur non vedendomi.
Ora non ti serve più chiedermi dove sono, perché lo sai perfettamente.
Ti amo come non credevo fosse possibile, non so come si siano incontrati due destini così diversi. Lo so che è assurdo, ma io non vorrei essere in nessun altro posto.
Credevo che avrei raggiunto la beatitudine e invece provo le sensazioni di quando ero vivo. Amo! Amo alla follia, non riesco a non pensare a te. Non ti abbandono mai. La notte osservo mentre dormi, e in certi momenti sono travolto dalla passione e ti bacio, ma il trasporto è talmente forte che finisco per svegliarti. Lo so che non hai più paura di me, ma so anche che un po' ti spaventerai vedendomi. Passeremo lunghi e interminabili minuti a fissarci, ma questo

è ciò che più desidero. La mia parte romantica è simile a quella che mi ha reso famoso come latin lover. Credo che fare l'amore con tutto questo trasporto sarà unico. Quale meravigliosa realtà sto vivendo con te.

Sai usare la tastiera!?

Accidenti, hai detto che mi ami, ma se mi conosci da così poco.

Rodolfo: Non posso darti tutti i dettagli, ma sappi che non si può determinare dopo quanto tempo ci si può innamorare di qualcuno. E tu cosa provi?

Non voglio riflettere in questo momento, sono troppo contenta per quello mi hai scritto e confusa per capire quello che mi sta accadendo.

Rodolfo: Tu prendi tutto come un gioco, per te nulla è impossibile, le dimensioni, lo spazio, sono unica realtà. Rendi ogni cosa facile, non rifletti sulle complicazioni e le difficoltà. Tutto è possibile. Sei veramente speciale.

7 luglio 2014

Sono tante le donne che sognano Rodolfo Valentino e mi sembra impossibile che lui sia qui.

Oggi mentre passeggiavo con una mia amica, che è stata la prima a leggere quanto ho scritto, sono stata travolta da un qualcosa che non capivo. Mentre parlava, non riuscivo ad ascoltarla. Sentivo fortissima la presenza di Rodolfo.

E' fantastico!

Mentre tornavo al lavoro da sola, mi sembrava di volare ascoltando la musica che ho inserito nel cellulare. Vedevo le cose di sempre, ma mi sembravano nuove. Tutto risplendeva. Il verde delle foglie era più acceso e mi sembrava che il mondo partecipasse alla mia gioia. Oggi voglio stare da sola e vivere queste sensazioni. Continuo a non capire perché abbia scelto me.

Sarà veramente Rodolfo Valentino?

Ho sempre creduto che, se si vuole realmente qualcosa, gli eventi concorrono sino alla realizzazione del desiderio, ma non pensavo potessero verificarsi cose come queste.

Sono seduta al computer e mi manca da morire. Voglio vederlo. Vorrei tanto che venisse da me.

E' vero, sono ancora terrorizzata come ipotizza lui, ma è meglio uno spavento di questa attesa.

A volte mi chiedo se questi comportamenti siano simili a una fase d'innamoramento. Forse dovrei ritornare con i piedi per terra e capire che cosa abbia prodotto questo squilibrio mentale, ma non posso: mi sembra di essere ritornata ragazza. Che meraviglia sentirsi stregati dall'amore!

Mi sento un fiume in piena, non smetterei mai di parlare di lui e dei miei sentimenti.

Debora, la mia amica, vuole leggere il seguito per sapere come andrà a finire. Immaginate come mi sento io, che attendo con ansia di descrivere il momento in cui lo conoscerò. Quello che per ora posso gustarmi è l'attesa, che per quanto dolorosa sia, ha un qualcosa di piacevole.

Non so cosa accadrà, ma sono sicura che sarà bello e questo mi basta.

E' sera e tra poco iniziano i corsi della nostra scuola ma questa volta sarò più felice del solito.

Anche se in realtà non vedo l'ora di andare a letto per sognarlo. Farmi coccolare dal suo ricordo, e addormentarmi con il sorriso sulle labbra sapendo che lui è al mio fianco.

8 luglio 2014

Coinvolgente il corso del BBQ (Barbecue) di ieri sera. C'erano persone simpatiche e poi tra poco si va in vacanza.

Siamo tutti più raggianti, o forse non era quello il motivo che rendeva il mio viso radioso.

Mi è piaciuta una ricetta che purtroppo nelle precedenti edizioni mi ero persa. Ho pensato che fosse carino condividerla.

Voilà!

Salsicce alla birra

4 salsicce

½ litro di birra

Sale, pepe e aromi

Rosolate le salsicce sul BBQ a temperatura medio alta con gli aromi. Regolate di sale e pepe.

Preparate un contenitore di alluminio con la birra e fate scaldare sulla griglia. Quando le salsicce sono quasi cotte, foratele e disponetele nel contenitore con la birra calda. Lasciate insaporire per almeno 20 minuti.

Per effetto dell'osmosi la birra penetra all'interno della salsiccia, mentre lascia fuoriuscire il grasso.

Una prelibatezza estiva da condividere con gli amici.

Questa sera si terrà invece il corso sui molluschi e crostacei, purtroppo però sono allergica.

Ho molte cose da seguire in previsione dell'arrivo di Gianluca e della partenza. Gianluca oltre ad essere un famoso chef è un famoso pasticcere. E' una persona veramente simpatica, umile e senza pretese. In comune abbiamo la voglia di scherzare e siamo entrambi golosi di panna. Ops, non posso fornire altre informazioni!

E' molto amato dalle donne ed è facile capire perché. Io lo considero veramente un amico, di quelli con la A maiuscola. E' una persona speciale e gli auguro di cuore di trovare una persona altrettanto speciale. E' sempre un piacere rivederlo.

A domani.

Sono sola e devo svolgere le attività di tutti i giorni.

La scuola possiede anche un negozio, che propone prodotti di difficile reperibilità per chi vuole realizzare la pasticceria moderna dolce e salata. I prodotti sono proposti in piccole confezioni adatte al consumatore. Anche il negozio ha un bagno, e per accedervi è necessario attraversare un corridoio nel quale vi è una porta che conduce a una cantina. La cantina non la usiamo ed è sempre chiusa a chiave. Credo che il palazzo sia stato costruito nel 18° secolo.

Anche se sono migliorata e sono meno fifona, ho sempre paura quando passo davanti a quella porta, ma oggi mi serve necessariamente un oggetto che si trova in quel bagno.

Che angoscia, non potevano murare quella cantina!

La fantasia spazia e immagina chissà quali presenze. Ecco cosa si intende per fifona.

Pertanto per recuperare l'oggetto, dovrò munirmi di tutto il coraggio possibile.

Ora mi alzo e vado spedita. Scrivo perché è un modo per non dovere andare subito. Basta, mi alzo e vado. Mi porto il tablet e appena ho preso quello che mi serve, vado nel retro del negozio e riprendo a scrivere.

Fatto! Sono una scheggia in queste circostanze.

Ora mi preparo qualcosa caldo. Ho la macchina per il caffè nel retro del negozio, vicino ai frigoriferi. Me lo sono sicuramente meritato.

Ho la testa china, scrivo e di tanto in tanto sorseggio il caffè.

Mi sento turbata, ora giro la testa, perché ho una strana sensazione dietro di me.

Scrivo! Sono paralizzata dalla paura. Continuo a scrivere per non pensare. Con la coda dell'occhio vedo dei calzoni marroni.

Ora mi distraggo per non svenire, e descrivo quello che accade.

Mi scoppia la testa. Mi sta esplodendo il cuore.

Scrivo.

Calzoni marroni con risvolto. Scarpe molto eleganti in tinta. Non riesco a sollevare di più la testa ho troppa paura. Intravedo solo una giacca e un gilet marrone.

Vedo anche le mani, sono affusolate, molto belle.

Io adoro le sue mani!

Forse è la cosa che ho osservato di più nelle sue foto.

Ora svengo, ho riconosciuto l'anello.

E' lui! E' Rodolfo Valentino.

Attivo il registratore del tablet perché, appena mi volterò, di quello che accadrà, non ricorderò nulla, sempre che non perda i sensi!

Registratore mi senti, spero tu stia registrando quello che accade.

Ora posso considerarmi completamente pazza, parlo a un registratore.

Sto per alzare la testa.

Non riesco a guardare, sono terrorizzata ed emozionata contemporaneamente. Lo faccio, accada quel che accada.

E' lui! Accidenti ho gridato.

Aiuto! Ma sembri vivo!

Non ti avvicinare o muoio di paura.

Non svengo? Riesco ancora a connettere?

No, non capisco più nulla.

Rodolfo: Mi hai cercato?

Ma parli? Ti prego aiutami. Sto tremando.

Rodolfo: Sono io che ho atteso.

Ma sei squinternato anche tu? Atteso cosa?

Rodolfo: Che capissi.

Mi sono persa.

Rodolfo: Ogni risposta è dentro di te. Posso avvicinarmi?

Sei matto, lo faccio io! Accidenti, sei molto più bello dal vivo che in foto.

Che cosa ho detto? Vivo? Ma riesco a essere comica anche in preda al panico.

Incredibile! Non so se ridere o gridare.

Registratore spero che tu stia registrando.

Mi avvicino e non muoio di paura, perché è tutto normale…

E' meglio che mi convinca che sia tutto normale. Ti prego aiutami dicendo che arrivi da un'altra dimensione o inventati qualcosa.

Continuo a dire stupidate. Più pazzesco di questo.

Rodolfo: Non posso, è la tua dimensione.

Certo che sei proprio di aiuto!

Riesco a scherzare sempre e a stemperare la tensione.

Credo.

No, non è così. Arriva il panico.

Io sono calma, è un normale amico che è passato a trovarmi.

Calma! Calma! Calma!

Ho fatto un passo. Il prossimo sarà più piccolo.

Sono quasi vicina. Stop!

Mi esplode il cuore, ora sono meno spaventata. Sembri proprio vivo.

Rodolfo: Posso toccarti?

No, lo faccio io. Avvicinami la mano.

Ma non è fredda! Non dovrebbe esserlo?

Rodolfo: Non in questo caso. Posso toccarti il volto?

Proviamo.

Se mi accarezzi in questo modo, muoio io. Che sensazione fantastica. Ci sai proprio fare.

Rodolfo: Grazie.

Ti prego non smettere.

Rodolfo: Non ne avevo intenzione. Posso toccarti anche le braccia?

Puoi fare quello che vuoi, aspetta chiudo la porta del negozio e metto il cartello chiuso. Non sparire.

Rodolfo: Lo sai che non lo farò.

Eccomi!

Rodolfo: Vorrei tenerti tra le mie braccia.

Non capisco più nulla, fai pure. Non riesco proprio a credere che sia vero. Il mio respiro è accelerato, non riesco a controllarmi.

Rodolfo: Taci!

Sono veramente imbarazzata. Le tue labbra sono troppo vicine alle mie.

Rodolfo: Sei mia. Non parli più?

Sono sotto shock, non mi sembra possibile che stia accadendo. Mi hai baciata. Dimmi, ma perché lo fai?

Rodolfo: Tu cosa credi?

Penso che provi quello che mi avevi scritto.

Rodolfo: Se sono qui!

Accidenti, bussano alla porta devo aprire per forza.

Ti rivedrò?

Rodolfo: Tu cosa pensi?

Penso di sì.

Rodolfo: Aspettami.

Puoi starne sicuro. Baciami ancora la mano e poi scappo.

Grazie.

Rodolfo aspetta! Anch'io provo qualcosa per te.

Rodolfo: Lo so. Non ho dimenticato tutto quello che mi dicevi.

Più che un pizzicotto ci vorrebbe uno schiaffo per credere che quello che è successo sia vero.

Non potete immaginare, è di una bellezza fuori dal comune.

E' alto, forse un 1,76. Credo che porti il quarantatre di scarpe. Ha degli occhi magnetici di colore marrone e i capelli castani. Sulla guancia destra ha una piccola cicatrice. Il volto è liscio. L'odore della pelle è accattivante, ma un po' soffocato dal profumo forte che porta. E' elegantissimo. Di un'eleganza che fa sognare.

Non pensavo che si potesse sentire il profumo della pelle di un fantasma, ma nemmeno che le mani fossero calde!

E' la prima volta che mi imbatto in fatti così fuori dall'ordinario e quindi svaniscono tutte le idee che mi ero fatta sull'argomento.

Mi devo riprendere, non riesco a scrivere. Mi sento al settimo cielo. Sono in tilt!

Sento ancora le sue labbra sulla mia mano. Il suo sguardo su di me.

Il solo ricordo mi offusca la mente.

Non potete immaginare quale sensazione idilliaca abbia provato quando mi ha baciato. Sentivo le pulsazioni nelle tempie. E poi quelle labbra incredibilmente morbide sulle mie, mi avvolgevano.

Mi stringeva forte a sé. Un trasporto totale. Il mondo si era dissolto. Non capivo più nulla, mi sembra di conoscerlo da sempre.

L'infinito, lo spazio il tempo erano svaniti. Non volevo terminasse.

E ora sono qui e mentre penso a lui, una lacrima scivola sul mio viso perché non so se lo rivedrò.

Non possiamo fissare un appuntamento, non possiamo sentirci al telefono. Devo solo sperare che possa riuscire a ritornare da me.

Vieni da me, ti prego. Mi manchi terribilmente.

E' ritornato tutto alla normalità, si sta svolgendo il corso.

La mia mente non riesce a non pensare a lui. Ogni tanto vado a scherzare con le allieve per non sembrare diversa dal solito. Fortunatamente il corso non lo devo svolgere io.

Non sono in condizione nemmeno di inserire un piatto nella lavastoviglie.

Questa sera come accennavo ci sono i molluschi e i crostacei. Il polpo è fatto in un modo eccezionale. Scrivo e provo a distrarmi, ma è veramente difficile.

E' qui! Mi è venuta la pelle d'oca, mi sta toccando la mano. Ovviamente non si vede, ma vi assicuro che si sente!

Come faccio a connettere? Non mi muovo.

Continua, per favore.

Mi ha spostato i capelli e mi sta baciando il collo. Ho i brividi ovunque.

Devo rimanere calma.

Ti ringrazio per essere tornato, non posso vederti, ma non importa è perfetto lo stesso.

Se continui così, non rispondo più di me stessa!

E' troppo piacevole. La sua mano sta scendendo.

No, non farlo! Ti prego, perderò il controllo.

Ora mi sposto perché non posso più continuare.

Rodolfo leggi quello sto scrivendo.

Fermati sono in tilt, lo faremo quando saremo soli.

Se hai capito, scrivilo.

Rodolfo scrive: Sì ho capito, ma voglio stare con te. Voglio starti vicino. Tu non puoi immaginare come sia stato complicato arrivare da te, ti vedevo ma non potevo parlarti. Volevo che tu sentissi quando ti toccavo. Più il tempo passava e più m'innamoravo di te. E ora che sono qui, non riesco a trattenermi.

Quindi è proprio vero che mi ami?

Rodolfo: Che cosa devo fare affinché tu capisca? Non hai visto oggi come mi brillavano gli occhi? Continuo a chiedermi come sia possibile il nostro incontro, ma in fondo non è più importante.

E' troppo bello quello che mi scrivi. Ho deciso quindi che lo inserirò in questo racconto.

Cripterò il file con una password in modo che nessuno possa leggerlo.

Rodolfo: Ma che cosa intendi?

Ah già! E' vero che sei di un altro tempo.

Rodolfo: Sciocca.

Vuol dire che inserirò una domanda alla quale posso rispondere solo io, e sarà posta nel momento in cui aprirò questo documento e potrai continuare a scrivere visto quanto sei abile.

Rodolfo: Non solo in quello!

In effetti, non recitavi male e ballavi molto bene.

Rodolfo: Grazie, ma intendevo altro, però se vuoi, ti insegnerò il tango.

Mi piacerebbe molto! E' un ballo che mi ha sempre affascinata, come del resto gli anni '20. Mi racconterai come si viveva?

Rodolfo: Abbiamo molto di cui parlare. Vedrai farò molto di più.

Comunque anche noi possedevamo le macchine per scrivere.

Lo so.

Se vuoi, puoi sfiorarmi, ma non andare oltre le braccia e il viso per favore.

Rodolfo: Prometto.

Vado a far finta di lavorare. Domani mattina resterò a casa con un pretesto, vieni da me?

Rodolfo: Ci provo.

Buona notte.

Rodolfo: Buona notte e sognami.

Sarà fatto!

Rodolfo: Io ti penserò e ti osserverò dormire.

Quanto manca a domani? Sorrido come fanno i bambini. Vado, ora spengo il computer.

Grazie Dio per questo meraviglioso regalo!

11 luglio 2014

Sono a casa, ho fatto ginnastica, la doccia, insomma sono tutta profumata.

Non mi trucco, tanto mi conosce bene anche al naturale.

Il letto è comodo, ma quando arriva?

Sono le undici e per le dodici dovrò vestimi.

Rodolfo dove sei?

Ora possiamo stare soli, vieni!

Ti prego, mi spaventa l'idea di non poterti più vedere.

Il tempo passa. E' quasi mezzogiorno. Sembro una trottola non riesco a restare ferma. Ho la netta sensazione che non verrà nessuno.

Mi sento come un goloso davanti a una vetrina di dolci alla quale non si può accedere perché il negozio è chiuso.

Devo proprio andare.

Rodolfo ovunque tu sia, trova il modo di tornare da me.

12 luglio 2014

Sono a casa. Sono passati giorni da quando ti ho visto l'ultima volta e ho perso le speranze di incontrarti. Mi manchi da morire.

Ho visto in televisione che accendono il registratore per captare i rumori che provengono da altre dimensioni.

Ora ci provo!

Ieri sera abbiamo fatto il corso delle conserve, credo che sia il corso che mi piace meno, ma è sicuramente utile. Bisogna usare i giusti accorgimenti affinché il botulino non si sviluppi.

Ho fatto molte cose da questa mattina e sono veramente stanca, mi sono fermata per scrivere.

23

Indosso una gonnellina da tennis, e una magliettina dalla quale si intravede che non indosso nulla sotto. Ora vado a mettermi il reggiseno. Mi alzo, ma torno subito.

Accendo il registratore e memorizzo i miei pensieri e forse altro.

Ma sei qui, non riesco a vederti. Rodolfo?

Rodolfo: Sì, ci sono.

Rodolfo ho ancora paura dei fantasmi.

Rodolfo: Io sono Rodolfo, non un fantasma.

Scusa, sì lo so, ma ti prego non apparire.

Rodolfo: Ok, mi senti?

Sì, dove sei? Sei al piano di sotto?

Rodolfo: Sì.

Perché?

Rodolfo: Voglio che tu venga da me.

Non posso ho paura.

Rodolfo: Scendi fifona!

Ti ricordi che mi hai baciato?

Sì.

Rodolfo: Com'era?

Bello.

Rodolfo: Vorresti rifarlo?

Sì!

Rodolfo: Non credi che dovresti vedermi per farlo?

Sì.

Rodolfo: E quindi, non devi scendere per venire da me?

Sì.

Rodolfo: Ci provi?

Sì. Sto scendendo i gradini. Non ti vedo.

Rodolfo: Sono sul divano.

Ecco perché, è dalla parte opposta.

Ho paura.

Rodolfo: Sono vestito come in "The Eagle" il film che ti piace.

Fantastico! Sì, ma ho sempre paura.

Rodolfo: Hai qualcosa per coprirti gli occhi?

Sì, la maschera che uso per dormire in caso di luce.

Rodolfo: Prendila, e quando arrivi in fondo alle scale, la indossi.

Proviamo.

Ci sono. E ora?

Rodolfo: Girati verso di me e cammina sempre dritto.

E tu cosa fai?

Ho paura.

Rodolfo: Taci e fallo!

E se cado?

Rodolfo: Non preoccuparti ti guido io.

Dove sei? Perché non parli.

Ops, grazie se non ci fossi stata tu sarei caduta.

Oh mio Dio! Sono avvinghiata a te!

Rodolfo: Temo di sì. Alza un po' la testa.

Sono nel panico, questi baci passionali non basteranno.

Mettimi giù! Non siamo in un tuo film.

Rodolfo: Vero, almeno questo è reale.

Ora ti prendo a schiaffi, se non lo fai.

Rodolfo: Devi prima levarti la maschera. E ti assicuro che ora Wladimir, il personaggio di "The Eagle", sembri tu.

Oh, mi stai innervosendo, mettimi giù.

Rodolfo: Che cosa fai ti arrabbi?

Ora basta!

Rodolfo: Cavolo, mi è costato uno schiaffo, ma hai levato la maschera e sei di fronte a me senza paura.

Accidenti, hai ragione!

Passiamo al film "The son of sheik": I hate you!

Rodolfo: No a "The Eagle": I love you.

Ti meriteresti la fine del conte Torriani.

Rodolfo: E tu vorresti stare senza di me?

Presuntuoso. Comunque no.

Rodolfo: Ho visto che facevi ginnastica.

Che cosa fai cambi discorso? Ora che ci penso, puoi osservare proprio tutto quello che faccio?

Rodolfo: Sì.

Un po' imbarazzante. Proprio tutto?

Rodolfo: Perché ti allontani?

Veramente fastidioso. Anche quando sono nella vasca da bagno?

Rodolfo: Credi che possa non farlo? Il bello di questa condizione è proprio questo!

Non mi picchiare. Come sei violenta.

E' il minimo. Non mi toccare giù le mani!

Rodolfo: Ma potevo?

L'ultima volta non ti vedevo e mi divertiva, oggi è troppo reale.

Mi sembra un po' presto quello che accade.

Rodolfo: E se non tornassi più?

Hai ragione, mi dimentico che non sono normali incontri.

Mi sorge il dubbio che tu stia manipolando le mie emozioni.

Rodolfo: Andiamo di sopra e ti spiegherò ogni cosa.

Ok, perché non usi le scale?

Rodolfo: Non mi va!

Pigro.

Rodolfo: Veloce, ti sto aspettando.

Fermati! Per fortuna che il letto non si rompe.

No, ti prego non farmi il solletico. Ti prego smettila. Lo so che cerchi di mettermi a mio agio, ma così rischi di farmi venire un attacco d'asma.

Smettila, anzi continua. Sono meravigliosi i tuoi baci sul collo.

Rodolfo: Come è profonda ora la tua voce. E' bello sentire il tuo respiro crescere.

Tra non molto non respirerò più se continui così.

Rodolfo: Ti ho vista nuda, ma toccarti è un'altra cosa.

Che trasporto ogni volta che mi baci. Promettimi che lo farai per sempre.

Rodolfo: Puoi starne certa.

Che labbra fenomenali che hai. Non capisco più nulla.

Rodolfo: Credo che si noti anche di me.

Sì.

Hai delle mani stupende.

Rodolfo puoi togliere l'anello?

Rodolfo: Scusa ti ho graffiato, non volevo.

Non importa. Continua, non fermarti.

Rodolfo: Mi piace sentire la tua voce così sensuale.

Anche la tua non scherza, è bassa e roca, ma notevolmente sensuale. Dio mio, ma perché non ti ho conosciuto prima.

Rodolfo: Non mi sembra possibile. Voglio amarti come non ho mai fatto.

Fallo.

Perché ti fermi?

Rodolfo: Voglio baciarti, travolgere tutti i tuoi sensi.

Squilla il telefono, aspetta! Devo rispondere.

Mamma: Ciao, posso parlarti?

Sto facendo il bagno, ci possiamo sentire dopo? Grazie mille.

Rodolfo: Sei bugiarda!

Volevi dicessi la verità?

Rodolfo: Perché il bagno?

Perché di solito rimango immersa nella vasca da bagno almeno un'ora e quindi...

Rodolfo: Per un'ora non saremo disturbati.

Lo spero!

Rodolfo: Dove eravamo rimasti?

Sbrigati, baciami.

Rodolfo: Aspetta voglio osservarti.

L'attesa è eccitante, ma ora voglio che tu agisca.

Rodolfo: Sobbalzi. Vedo che ti piace.

Ma quanto parli anche tu Rodolfo.

Rodolfo: Attenta, stai strappando il lenzuolo!

Non credo di essere mai stata coinvolta come in questo momento. Ora capisco perché latin lover.

No! Suonano il campanello. Facciamo finta di non esserci.

Rodolfo fermati non capisco più nulla.

Postino: Raccomandata!

Non capisco, io lascio sempre le persiane aperte anche quando non ci sono.

Come ha potuto intuire che… No! La porta finestra, non l'ho chiusa.

Aspetta provo a mandarlo via.

Rodolfo: Copriti, mettiti dei calzoni, altrimenti tra un po' saremo in tre.

Spiritoso!

Postino: Signora, Raccomandata.

Mio marito non c'è.

Postino: Mi spiace signora è per lei! Deve firmare.

Arrivo.

Rodolfo non te ne andare per nessun motivo.

Rodolfo: Mi impegno.

Baciami! Faccio in un lampo.

In foto sei bello, ma dal vivo, o quello che è, sei meraviglioso.

Rodolfo, sono tornata!

No! Non ci posso credere sei sparito. E io ora come faccio.

Rodolfo ho gli occhi lucidi, il postino pensava avessi la febbre. Ogni mia parte del corpo vuole fare l'amore con te. Torna!

E' passata mezz'ora. Ora il bagno devo farlo veramente. E' necessario che mi calmi.

Se viene mentre sono in vasca, forse è meglio. Idea! Accendo tutte le candele.

Mi ero dimenticata il registratore.

Lo spengo.

Non è opportuno che lo riascolti, altrimenti non basterà un bagno.

Ma cosa è quella cosa sul letto? E' il suo anello. Che strano è ancora qui.

E' simile a uno che ho, quindi me lo posso mettere al dito.

Un po' largo.

Non importa.

Mi stavo dimenticando il registratore. Spento!

E' sera e lui non è tornato. Ucciderei il postino. Non solo devo pagare la multa, ma ha interrotto il momento più coinvolgente che io abbia mai vissuto. Speriamo di riprendere presto. E pensare che avevo paura dei fantasmi.

Ora bisbiglio. Ti amo.

Buona notte Rodolfo.
Rodolfo: Felice notte. Ti sognerò!

13 luglio 2014

Buongiorno Mondo! Ho appena fatto l'amore con Rodolfo Valentino. Spettacolare! Dovreste vederlo, sta stendendo le braccia. Ha dei muscoli stupendi. Non esagerati come quelli che si vedono sulle riviste, ma eccezionali.
Credo che da oggi lavorerò spesso da casa.
Rodolfo: Vuoi che ti aiuti a scrivere?
Sì, scrivi quello che pensi.
Rodolfo scrive: Quanto tempo che non provavo queste sensazioni. Però ora sono profondamente innamorato ed è fuori da ogni mio controllo.
Lo farei tutto il giorno, ti piacerebbe?
E me lo chiedi.
Rodolfo : Cosa devi fare?
Rispondere a delle e-mail. Insomma far credere che stia lavorando.
Rodolfo: Ti guardo mentre scrivi.
Così non vale! Devi stare fermo, altrimenti come posso concentrarmi.
Pensa a qualcosa che mi raccontarai degli anni '20.
Rodolfo: Tenterò. Scriverai quello che ti dirò?
Sicuro!
Mi dai un bacio?
Rodolfo: E me lo chiedi?
Ora posso iniziare.
Vorrei farti una domanda: perché hai detto che mi avresti sognata?
Rodolfo: Non saprei, forse è quello che spontaneamente viene da dire.
Non riesco a non guardarti.
Rodolfo: Non farlo, vieni qui.

...

Rodolfo scrive: Ti Amo.

Anch'io.

Sembriamo due ragazzini.

Rodolfo: Lo siamo!

Tu più di me.

Rodolfo: Forse non ricordi che ho 67 anni più di te.

Sì, ma ne dimostri 35.

Rodolfo: Anche tu.

Galante, del resto non ci si può aspettare altro da te.

Rodolfo: E non solo in viso.

Sempre più interessante.

Rodolfo: Ora smetto di scrivere perché sono impegnato.

No, non dovrai sparire!

Rodolfo: Taci.

Non riuscirò mai a lavorare, anche perché ora sono stanca. E' sempre più coinvolgente, penso che non mi abituerò mai a fare l'amore in questo modo. Altro che "piumino di cipria rosa"! Direi proprio che sei uomo a tutti gli effetti. Tienimi stretta mentre provo a scrivere.

Sono Felice. Vorrei poterlo gridare al mondo intero. Vorrei che questi momenti non finissero mai.

Posso scattarti una foto?

Rodolfo: Nudo?

Diciamo che il meglio lo lasciamo solo intuire.

Ma tu appari in foto?

Rodolfo: Prova.

Guardati Rodolfo. Ci sei! Certo che sono proprio ignorante, pensavo ci volessero apparecchi speciali per farti una foto. Non sei certo vivo!

Facciamone una insieme.

Non fare lo stupido, dobbiamo essere seri.

Siamo bellissimi. Guarda come ridiamo.

Ora mi racconti?

Rodolfo: Sì.

Posso registrare la tua voce per non dimenticare nulla?

Rodolfo: E me lo chiedi, con quello che hai registrato in passato.

Acceso, racconta.

Rodolfo: Non saprei da cosa iniziare. Oh, sì. Io adoro gli animali. I miei cavalli e i miei cani, ma soprattutto Kabar il mio Doberman. E' tutto nero con qualche macchia bianca nascosta. Ti piacerebbe.

Perché parli al presente? Non c'è più.

Rodolfo: Per me esiste ancora tutto, Falcon Lair la mia stupenda casa, e il mio dolcissimo Kabar.

Scusami non volevo rattristarti.

Rodolfo: Non lo hai fatto, ma è l'essere a cui sono più affezionato. Dopo di te ovviamente.

Ma non posso vederlo come vedo te?

Rodolfo: Sì, ma al momento è troppo complicato.

Rodolfo cosa hai? Sembra che tu stia male! Ti si è formato del nero intorno agli occhi. Ma come è possibile?

Rodolfo: Non è nulla, probabilmente sto solo ricordando.

Allora sospendiamo.

Rodolfo: No, ti racconterò tutto. Tu devi conoscere ogni cosa. Devi vivere gli anni '20 con me.

Va bene, sono tutta orecchie.

Rodolfo: Sai la mattina quando esco, prendo la mia auto Voison. Ha una carrozzeria da urlo e quando serve eseguo io stesso la sua manutenzione. Poi percorro la strada. Io abito al numero 2 di Bella Drive.

Lo so, anche se ora non è più a quel numero. Posso venire vicino a te?

Rodolfo: Vieni. Appoggia la testa sulla mia spalla mentre racconto…

Vado in un bar che dovresti provare. Fa un caffè italiano spettacolare. Parcheggio sempre un po' distante e scompiglio i capelli, metto una barba finta, per evitare che mi riconoscano. Non mangio i dolci perché tendo ad ingrassare. Le mie fan mi richiedono magro.

Sai Los Angeles assomiglia a quella via di Milano molto lunga con tanti negozi, di cui non ricordo il nome. Però l'ho vista con te.

Ho capito, Corso Buenos Aires.

Rodolfo: Sì proprio lei. La somiglianza è perfetta se la immagini con le auto dei miei anni.

Lo sapevi che ho fatto la pubblicità?

Sì, per la "Mineralava".

Rodolfo: Che periodo. Viaggiavo tanto, ma ovunque andassi la gente mi riconosceva. Lo sapevi che non parlavo assolutamente l'inglese quando sono arrivato negli Stati Uniti?

Sì, ma credo che tu ti sia ampiamente riscattato. L'America è la terra delle opportunità e se hai qualcosa da offrire è il posto giusto.

Rodolfo: Sì, ho anche chiesto la cittadinanza. L'Italia è sempre nel mio cuore, e come non potrebbe, ma l'America mi ha dato tanto. Mi ha reso felice ed ha fatto in modo che tu potessi conoscermi.

Ho notato che non sapevi chi fosse Rodolfo Valentino.

Perdonami, io adoro il tuo periodo, ma non ti conoscevo, se non per il nome.

Rodolfo: E' vero, è passato tanto tempo. Che anni! Ogni sera una festa. Non ti annoiavi mai. Non ero però sempre fuori, perché essendo un perfezionista sul lavoro, la mattino volevo essere in forma fisicamente, ma soprattutto mentalmente. Non è vero che mi ubriacavo, il mio fisico non lo permetteva, come ti accennavo ingrassavo facilmente. Scusami, ma l'entusiasmo non mi consente di seguire sempre un discorso logico, e cambio spesso argomento.

Vero.

Sei un po' telegrafica nelle risposte.

In realtà mi piace ascoltarti.

Rodolfo: Ora però devo andare.

Andare dove?

Rodolfo: Sei sempre così curiosa. La mia risposta però è, e sarà sempre la stessa: non è dato sapere!

Va bene. Però mi stavo rilassando mentre ti ascoltavo, e poi è così piacevole starti vicino.

Give me a kiss.

Thank's a lot.

Rodolfo: Buon lavoro. Pensami.

Puoi starne certo!

Stupenda giornata oggi! Sono follemente innamorata. Sono felice. Sento il corso di pasticceria secondo livello che si sta svolgendo. Oggi faremo i dolci della tradizione.

E' una domenica stupenda. Le allieve sono simpatiche, e siamo diventate amiche. Hanno creato un fan club su "what's up" del quale faccio parte. Oggi non potrò dedicarmi ad altro, dovrò lavorare.

Ti penserò ogni secondo. Mi viene istintivo parlare di te, ma non posso farlo. Capirebbero che ho dell'interesse nei tuoi confronti e mi riterebbero pazza visto che sei morto nel 1926.

Chissà se Cecilia può vederti? Alzataccia domani, per andare dalla veggente. Non è vicina a casa mia, quindi per le 7:30 dovrò uscire. Fortunatamente oggi il corso non è di sera, quindi invece di finire a mezzanotte si terminerà per le diciotto.

Rodolfo, spero tu mi senta. Mi manchi, e vorrei passare ogni secondo con te. Hai reso viva la mia vita.

Non avevo notato che fosse qui.

Mi fissavi?

Rodolfo: Cosa fai con il registratore?

Lo sai, registro delle idee.

Rodolfo: Cosa bevi?

Acqua. Oggi è una giornata incredibilmente afosa. Perché ti sei seduto sul pouf? Non è un po' piccolo?

Rodolfo: Va benissimo.

Ancora indaffarata?

Sì troppo.

Rodolfo: Vieni vicino a me e dammi il bicchiere.

Rodolfo, mi hai bagnato anche il reggiseno!

Rodolfo: Hai ragione! Rimediamo, è necessario che asciughino, quindi prima togliamo la maglietta e poi il reggiseno.

Bella, ma non è originale la scusa. E poi?

Rodolfo: Ti metti seduta su di me come se dovessi andare a cavallo, e ci guardiamo negli occhi.

Ma sono molto impegnata! Non importa, finirò dopo.

Hai degli occhi stupendi. Le orecchie però sono un po' a punta. In realtà rimanendo folgorati dal tuo sguardo, non si nota il resto. Perché mi fissi? Cosa pensi?

Rodolfo: Non pensare alle mie orecchie. Baciami!

Non chiedo di meglio.

Sei troppo vestito per i miei gusti. Aspetta che ti tolgo la giacca. Sono incredibili gli abiti del tuo periodo.

Bei tempi!

Stai proprio bene vestito così, ma quello che interessa a me in questo momento, è quello che c'è sotto.

Uno, due, tre, quattro, cinque sono i bottoni del tuo gilet. La camicia è vellulata al tatto e il suo colore azzurro ti sta d'incanto.

Giù le mani! Sono impegnata ad osservarti.

Mi spoglio io.

Rodolfo: No, lo faccio io.

Non capisco più nulla.

Che impeto! Si nota decisamente quello che provi.

Possiamo stare tranquilli, il pouf ci regge. Rilassa la schiena contro il muro.

L'equitazione è uno sport stupendo. Che stile cavalcavi?

Rodolfo: Americano.

Hai la voce affannata. Continua a parlare, lo sai che mi piace.

Comunque io lo stile inglese.

Rodolfo: Ti prego non ti fermare.

E' fantastico! Accidenti ho gridato.

La prossima volta, dobbiamo dedicarci di più ai preliminari o crederanno che a scrivere sia un uomo.

Rodolfo: Quindi non ti è piaciuto?

Non lo saprai mai.

No, non farmi il solletico.

Comunque io amo arrivare subito al dunque, in ogni cosa.

Rodolfo: Vuoi che ti aiuti in quello che stai facendo?

Questo sarebbe il secondo miracolo, dopo il fatto che tu sia qui!

Grazie, sei molto gentile, ma non sapresti come.

Mi dimentico sempre che non sei vivo. Ma se questo è l'aldilà, che portento!

Anche se, in realtà, spero di venirci il più tardi possibile.

Stiamo abbracciati ancora un po', e poi riprendo i lavori.

Come sei affascinante.

Non lo avevo mai detto ad un uomo ma con te non ho freni, di nessun tipo.

Ti prego indossa la camicia, perché purtroppo non posso passare tutto il pomeriggio a fare l'amore con te.

Non immagini quanto lo vorrei.

Rodolfo: Certo che parli veramente tanto. Io sono felice perché riusciamo a vederci spesso. E quando andrai in vacanza?

Se tu sei riuscito a venire da me, io troverò il modo di stare con te.

Ti amo perdutamente.

Rodolfo: Me too.

20 luglio 2014

Questa mattina, anche se sconvolta dal sonno, ho deciso di fare egualmente la cyclette.

Mi sono svegliata e lui mi ha chiesto di indossare le cuffie dell'MP3. Ha attivato "My immortal" degli Evanescence, canzone che io adoro. Rodolfo ora è in grado di utilizzare strumenti tecnologici che ai suoi tempi non esistevano.

La giornata l'ho trascorsa a scuola. Emozionante anche oggi il corso di Gianluca. Gli allievi ovviamente sono quasi arrivati tutti nello stesso momento per la registrazione. Sono riuscita a chiacchierare con alcuni di loro, con i quali ho instaurato un rapporto di amicizia. Stefania e poi la mitica Marisa che ha una venerazione per Gianluca.

Marisa mette allegria.

Tra discorsi, registrazioni e l'acquisto dei prodotti siamo giunti all'inizio del corso.

Sapevo che era con me, ma fortunatamente non mi ha toccata.

Mentre mettevo via tutto, gli ho scritto ti amo su di un bigliettino che poi ho strappato.

Ultimate le attività sono andata in bagno, e ho chiuso a chiave la porta.

Mi sono appoggiata al muro e involontariamente ho inclinato la gamba.

Ho sussultato quando ho sentito le sue mani poggiarsi su di me, portare l'altro ginocchio in avanti. In una frazione di secondo mi sono ritrovata perfettamente dritta. Il braccio sinistro si è teso lateralmente. Quando mi ha messo l'altro braccio ad altezza della sua spalla, ho avuto la conferma che si trattasse di una posizione di un ballo. Non lo vedevo, ma riuscivo a percepirlo.

Ho acceso il registratore per descrivere quello che accedeva, e alzando la testa ho incrociato il suo sguardo. I suoi penetranti occhi marroni mi stavano fissando, con il suo sguardo magnetico. Nonostante la nostra intimità, quando mi osserva in quel modo, non riesco a ragionare. Sembro un'adolescente al suo primo amore.

Magari potessi ballare con lui in un locale negli anni '20! Non importa cosa penserebbero delle mie mancate doti di ballerina, sarebbe una delle cose più intriganti che potrei fare con lui. Che emozioni travolgenti si provano tra le sue braccia. E' incredibile quanto l'amore faccia commettere gesti irrazionali. Dei rumori improvvisi hanno interrotto quei preziosi momenti e sono uscita dal bagno.

Questa situazione coinvolge tutti i sensi, rende la vita un'altalena di emozioni. Sembra un grafico dell'andamento della borsa, picchi elevati si contrappongono a crolli improvvisi, e quindi mentre mi sono fatta un caffè nel retro del negozio, sono scoppiata in un pianto ininterrotto.

Le lacrime coprivano interamente il viso, e cancellavano il leggero trucco che avevo utilizzato per rendere più vivace il colorito. Ho ripercorso i pochi istanti trascorsi con lui e lentamente, il sorriso è ricomparso. Anche l'umore si è completamente trasformato.

Non lo immaginavo così romantico: "Rodolfo sei fantastico!". Anche se il fatto che fosse definito latin lover doveva farmelo capire. Trattandosi di un attore poteva però semplicemente essere l'interpretazione di un ruolo, quella che mostrava nel '20.

21 luglio 2014

Non è molto il tempo che posso dedicargli, e mi mancano tutte le effusioni che potremmo scambiarci.
In realtà, quando non possiamo vederci, lui dimostra sempre il suo affetto toccandomi il viso con dei movimenti che sono quasi sicuramente delle carezze. A volte la mia mano si muove verso il vuoto, e percepisco delle vibrazioni quasi a simboleggiare affettuosi baci su di essa. Non potendolo vedere le mie rimangono solo delle deduzioni.

22 luglio 2014

Sono gli ultimi giorni prima della partenza e mi mancheranno tutti questi attimi, ma spero di crearne di nuovi in vacanza a Tenerife. Sono sempre ottimista e quindi so che c'è sempre qualcosa di bello dietro l'angolo.
Ricordo ancora quando Alessandra ed io scherzando ci siamo poste la domanda su cosa avremmo scelto tra una fetta di torta di Gianluca o fare l'amore con "Rodolfo Valentino". Lei ha preferito la torta, indovinate cosa ho deciso io?
Rimarcando la mia scelta con la frase: "Se proprio devo peccare, lo voglio fare con il migliore!"
E' vero quindi che se l'inconscio desidera veramente qualcosa, si avvera. In quel momento era solo un gioco, e non pensavo certo che si potesse verificare. Credo che la mancata realizzazione dei nostri desideri sia dovuta al fatto che mentre la mente desidera qualcosa, dei freni interiori si oppongono alla sua attuazione. Non è perciò possibile ottenere qualcosa in cui non si crede realmente. Quando ho espresso la mia preferenza ero serena, contenta, insomma senza preoccupazioni. Capire quando è un vero "sogno", è semplice,

se nasce come un gioco, come quando eravamo bambini, è carico di una tale spontaneità e purezza, che nessun evento al mondo può impedirne la concretizzazione.

Insomma è stata una richiesta, ora è Rodolfo.

Questa sera sarà l'ultimo corso del primo semestre.

E' bello vedere quelli che io considero amici con la gioia nel cuore.

Anche se a volte, mentre sono con loro, mi assale lo sconforto perché vorrei che Rodolfo fosse a fianco a me.

Ho bisogno di toccarlo, di sfiorare la sua pelle, di respirare il suo respiro.

Sentirsi toccare accresce ulteriormente il desiderio che ho di lui.

Mi manca la mia realtà, dove il contatto è una forma di comunicazione, dove le emozioni si trasferiscono nello sfiorarsi.

Voglio di più.

So che per lui, anche se in forma diversa, è lo stesso. A volte percepisco la sua malinconia e questo mi rattrista.

Ad ogni modo, io ringrazio per ogni istante che ci viene donato, perché questo è un miracolo. E' qualcosa che non dovrebbe esistere e invece c'è! Solo un sentimento come l'amore può abbattere ogni impedimento, e in questo caso è la distanza. Una distanza della quale non conosco la natura, ma solo il nome: morte.

23 luglio 2014

Ti amo da morire. Non posso più vivere senza di te. Stai leggendo?

Questa frase l'ho scritta sul computer per fargli sapere quello che provavo, speravo in una risposta, ma ho ricevuto solo una carezza.

L'amore non ha confini, non ha barriere, il tempo non è che un lieve battito di ali.

Sono talmente felice che oggi ho postato su Facebook questa frase:

"I pensieri e le parole sono in sintonia con l'anima quando si è felici."

Quando le frasi escono dal cuore, raggiungono l'anima di chi ti circonda.

Ho bisogno di parlare con lui, provo a scrivere, forse è nei paraggi.

Rodolfo vorresti passare tutta la notte da solo con me?

Rodolfo scrive: E me lo chiedi?

Lo sapevo che non avresti resistito a questa domanda.

Soffriresti se non potessimo più ripetere tutto questo?

Rodolfo: Morirei una seconda volta.

Cosa posso dire dopo una frase tanto eleoquente.

Rodolfo: Resta con me.

Posso porti delle domande personali?

Rodolfo: Certo.

Qual è il tuo colore preferito?

Rodolfo: Rosso.

La città che ha travolto di più i tuoi sensi?

Rodolfo: Parigi.

Perché?

Rodolfo: Adoro la Senna, il suo suono, la tranquillità che trasmette osservandola. Quando la si osserva tutto il frastuono cittadino scompare. Io amo tutto di Parigi. La sera sdraiarsi sulla riva della Senna è qualcosa che cattura lo spirito e la mente in una girandola di accecanti emozioni. Non si può raccontare la serenità che si prova. Quanti ricordi!

E perché sei andato via?

Rodolfo: Momenti difficili.

Che cosa ricordi ancora?

Rodolfo: Il profumo del pane la mattina. Che sensazione unica, svegliarsi, alzarsi velocemente, e senza avere ancora realizzato chi sei, sentire scrocchiare in bocca una calda baguette. Questo mi manca. Non ricordavo più queste cose.

So che anche tu ami Parigi. Perché?

Come hai accennato tu, la Senna ha rapito il mio cuore, e tu hai descritto benissimo quello che trasmette.

Anche la baguette però è un buon motivo, diciamo che mangerò una baguette lungo la Senna, quando andrò.

Peccato che tu non possa, in realtà non potrei mangiarla nemmeno io, perché sono allergica al lievito. Ora si è fatto tardi devo andare!

A domani amore mio, a quando mi sbatterai giù dal letto per fare la cyclette.

Non avrei mai pensato di diventare sportiva, pigra e dormigliona quale sono.
Ci volevi proprio tu.
Notte!

25 luglio 2014

Siamo partiti e siamo fermi sull'aereo che ci porterà da Madrid a Tenerife.
E' un caos, sono due ore che aspettiamo di ripartire. Prima hanno dovuto sostituire una ruota dell'aereo, poi purtroppo una persona che era in coda con noi è morta. In seguito all'accaduto sono giunti i paramedici con un paravento, per proteggere la visuale, e hanno portato via la salma. Ora stiamo aspettando quindici ritardatari, che non hanno avuto la decenza di arrivare "puntuali", dopo quello che è accaduto. Sembra che l'equipaggio non sappia che la sedicesima persona che manca sia quella morta. Chissà a che ora arriveremo. Mi manca Rodolfo!

26 luglio 2014

Primo risveglio a Tenerife, per l'esattezza a San Domingo che si trova nella zona Nord meno turistica e più nuvolosa.
Abbiamo scelto nuovamente il nord, perché ritengo sia più indicata per i miei genitori che quest'anno sono venuti in vacanza con noi. Saluto al sole: oggi c'é!
"Tai chi" e ginnastica un po' movimentata. Da quando respiro meglio, posso anche fare la corsa sul posto. Devo dire che per ora procede tutto al meglio. Il mio amico "Ventolin", medicinale che in passato usavo frequentemente per l'asma, però non mi lascia mai, e fortunatamente nemmeno Rodolfo. Non potrei vivere senza entrambi.
Sarà un'impresa vederlo, ma non ho dubbi che riusciremo.

Oggi gita al Teide!

Il Pico del Teide, un vulcano quiescente, è la montagna più alta di Spagna.

Il parco naturale che lo circonda si alterna, da un lato con una vegetazione rigogliosa e dall'altro con un paesaggio silenzioso. Le innumerevoli forme della lava pietrificata assomigliano a un mare in tempesta. Al centro del percorso si trova il parco vero e proprio: Las Cañadas.

Ogni anno, attraverso gli scatti della mia macchina fotografica raccolgo le diverse sfumature che offre. La grande eruzione è avvenuta nel 1798 ed ha creato uno scenario unico, mentre l'ultima eruzione risale al 1909.

Spero che non ve ne saranno altre, visto che vorrei venire a vivere su questa stupenda isola.

Per i "Guanches", gli antichi abitanti dell'isola, il Teide era la "Casa di Guayota", il Diavolo.

Mi fermo sempre lungo la strada dove, circondati dalla lava, si può meditare. Questa volta però lui sarà con me.

Sapere che percepisce i miei pensieri mi rende ancora più felice. Io sono sempre stata bene con me stessa, ma devo dire che la sua presenza, anche se in certi momenti è imbarazzante, è piacevole.

Mi siedo su di un muretto e ascolto la nostra canzone "My Immortal".

Dov'eri? Perché mi tocchi la mano?

Rodolfo: Volevo starti vicino.

Faccio fatica a sentirti.

Rodolfo: Perché non voglio che mi sentano.

Avevo proprio bisogno di saperti al mio fianco.

Rodolfo: Ti amo.

Sono sempre sensazioni incredibili. Anche se non lo vedo.

27 luglio 2014

Se fossi uomo, penserebbero che abbia problemi di prostata, perché sono sempre in bagno. In realtà è l'unico modo che abbiamo per vederci.

Abbiamo escogitato un modo per comunicare e non essere visti: scrivo sul mio corpo, usando un dito al posto della penna, ogni mio pensiero.

Ad esempio: Ti amo. Baciami. E intravedo la sua mano in trasparenza che risponde su di me. La novità è che scrive anche in inglese.

Voglio fare l'amore con lui, ma non so come fare. Intrigante come poche questa vacanza.

28 luglio 2014

Siamo al Loro Parque, e ci stiamo divertendo guardando gli spettacoli.

Quando tornerò a casa, devo scaricare su Facebook tutti gli album che ho creato con il mio tablet.

Il Loro Parque è un'immensa struttura con tante specie di animali. Il nome deriva dai pappagalli "Loro".

I miei genitori si sono seduti in prima fila per vedere le orche. Io, avendo visto bagnato il pavimento, sono andata alla ricerca delle mantelle che offrivano per ripararsi. Ero sicura che l'acqua che fuoriusciva fosse stata prodotta dal movimento delle orche. Questa fortuita circostanza mi ha evitato una vera e propria doccia, che invece ha colpito i miei genitori e mio marito che ne sono usciti fradici. Ops, le mantelle non sono servite!

Per fortuna qui fa sempre caldo.

I leoni marini sono spettacolari, sanno compiere mille acrobazie, ma la cosa più divertente è stata l'imitazione buffa delle foche.

Questo parco ogni anno dona un milione di dollari per salvare le specie in estinzione. Un parco che merita di essere visitato.

Ho camminato tutto il giorno ed ho fatto una quantità infinita di foto. Ora sono stanca, per fortuna si va a casa.

29 luglio 2014.

Rodolfo si è veramente arrabbiato, afferma che lo ignoro. In effetti, non ho mai pensato a lui, avrei potuto chiedergli di stringermi la mano, e considerando il fatto che nessuno lo vede, non posso che dargli ragione.
Non è stato semplice farmi perdonare, ma per la verità, qui nulla è semplice. E' proprio pessimista come avevo letto, perché ora ritiene che ci sia l'eventualità che mi annoi di lui. Ma come è possibile, lui forse non si guarda allo specchio. Io lo vedo! E' una meraviglia della natura, come ci si può stancare di osservarlo.
Forever Rodolfo.
Oggi gita tra i paesini, e con piacere devo dedicarmi a lui. A domani.

30 luglio 2014

Che bella invenzione la doccia, abbiamo trovato il modo di stare insieme. L'acqua mi cade sulla schiena, e le sue mani che sfiorano le mie labbra, rendono ancora più elettrizzante ogni istante.
Non pensavo si potesse amare in questo modo. Amare così intensamente. Decidere del proprio piacere non ha valore!
Ecco perché la vita deve essere vissuta, perché quando pensi che oramai non ti possa succedere più nulla di bello, arriva Rodolfo!
Ora si va! Puerto de la Cruz.
A domani.

Abbiamo visitato negozietti, supermercati e le piscine Martianez. Io adoro le vacanze. Tutti i problemi scompaiono, non esistono più le preoccupazioni. L'unica difficoltà è scrivere utilizzando il tablet all'alba, per il resto è tutto fantastico.

Dimenticavo con Rodolfo il sesso non manca mai.

Immagino che vogliate saperne di più sulle sue qualità. Ve le traduco con una semplice frase: non esistono limiti! E aggiungo: per fortuna!

Diciamo che potrebbe ai nostri tempi recitare in film hard. Sì, ho proprio reso l'idea Ancora più sorprendente è come passa dal romanticismo al sesso "impetuoso", questo è il termine che usa lui.

Per capire i dettagli fisici del bel Rodolfo, bisogna andare su YouTube e digitare "I wanna do is touch you Rudolph Valentino" soffermandosi al momento in cui scende dall'auto indossando solo il costume. Osservandolo si può capire quanto apprezzabile sia fare l'amore con lui. Che favola! Ora vorrei averlo qui, perché a causa di quello che ho scritto, è facile intuire quali siano i miei pensieri.

Ops, ciao Rodolfo.

Vi lascio vado a incipriarmi il naso.

Dimenticavo oggi Santa Cruz.

Un abbraccio.

1 agosto 2014.

Sono bordeaux ovunque, mi sono sdraiata al sole dopo pranzato, senza avere spalmato alcun tipo di protezione.

Volevo solo abbronzare un po', ma le cose mi sono sfuggite di mano. Sono stata quasi un'ora.

Mentre mi rilassavo lui ha compiuto qualcosa di sensazionale.

Non so come riesca, visto che avevo il costume! Mi ha fatto letteralmente impazzire. Per evitare che si sentissero le mie manifestazioni di piacere sono dovuta scappare in bagno. Mai provato nulla del genere.

Sostiene che mi ama troppo e per nessun motivo mi farebbe del male.

Leggi Rodolfo.

Non è successo nulla, è colpa mia, dovevo proteggermi con un solare.

Per quanto concerne la mia sicurezza, dice che devo ascoltare i consigli di mio marito perché rischio di fare "cavolate".

Sarà fatto!

A domani. Per altri dettagli fisici, sicuramente più accattivanti, dovrete leggere ancora parecchie pagine del diario, ma non ve ne pentirete.

8 agosto 2014

Sono seduta e ho appena mangiato un chocos, una seppia con una salsa di mojo verde e papas arrugadas. Tutto molto buono, ma a renderlo ancora più piacevole è il posto. Abbiamo incominciato la discesa dal Teide, che stiamo nuovamente visitando, e abbiamo trovato un ristorantino delizioso racchiuso tra i pini marini, una vera perla. Il sole mi bacia il viso, ma rende un po' difficoltoso scrivere. Mi chiedevo come sarebbe stato farlo, e allora ho preso il tablet ed eccomi qua!

Ho provato sul Teide le solite emozioni. Io ringrazio Dio per tutto questo. Non è importante la religione cui si fa riferimento, l'importante è ringraziare per questi doni stupendi che mette lungo il nostro cammino.

E lui dove è? C'è! E' sempre con me.

Dopo varie peripezie, strade tortuose, ho preso un gelato a Los Cristianos veramente buono a una gelateria gestita da italiani. Oggi sono golosa.

E acquisti? Zaino nuovo.

Ho colto al volo la frase di mia madre: non è vecchio quello zaino?

Eccolo! Bello, color tortora, mille tasche come piace a me.

Ora sono seduta a guardare il mare dalla "Cafeteria Los Roque". Un posto che non ha nulla di speciale, ma cui io sono particolarmente legata. Mi regala sempre momenti di serenità.

Quanto mi piacerebbe possedere una casa qui, dove poter scrivere dal balcone di una di queste villette a schiera e guardare il mare.

Che carino! C'e' un cagnolino dei vicini che reclama qualcosa e mi distrae. E' poco più grande di una pulce, come amo dire io, ma è chiaramente udibile.

Piccola pulce bianca.

Le onde, guardate da qui, formano un incantevole movimento del mare, quasi qualcuno le pettinasse. La spuma bianca rende fluido il suo movimento e culla la fantasia verso un mondo dove i desideri diventano realtà. Come si può non restare incantati dinanzi a tutto questo.

Anche se andrò via, Los Roques sarà sempre nel mio cuore, e forse una parte di esso rimarrà qui.

9 agosto 2014

Siamo nuovamente andati in giro a Puerto della Cruz e per i supermercati. Che differenza di prezzi. Tutto è molto più economico nonostante la gran parte dei prodotti debba essere importata. La sera abbiamo mangiato in un ristorante italiano con una cucina molto apprezzabile. La giornata sarebbe terminata serenamente, se in auto non ci fossero stati dei momenti che mi hanno fatto trasalire per l'eccitazione. Forse dovremmo trovare il modo di stare più tempo insieme, perché non sempre riesco a controllarmi quando mi provoca. Ho sempre gli occhi lucidi e spesso sorrido a quello che gli altri ritengono il nulla.

Oggi è l'anniversario dei miei genitori.

Prima siamo andati al mare. Ho fatto il bagno tra alcune calette formatesi quando la lava è finita in mare, e di esse circa un chilometro si trova sommersa. Una sensazione fuori dal tempo, spettacolare in tutti i suoi aspetti. Nuotando si è circondati dalla lava, a cui il mare ha dato la vaga sembianza di una roccia.

L'oceano è ghiacciato, ma se si riesce a resistere all'impatto iniziale, si è ricompensati dalle meraviglie da cui si è circondati.

Avevo paura che l'asma non mi permettesse di nuotare, come è accaduto gli scorsi anni, ma l'avevo promesso a Rodolfo e quindi mi sono gettata in acqua. E' stato bellissimo, non ho avuto problemi, tutto lo sport che mi ha imposto ha dato i suoi frutti.

Non dimenticherò un secondo di questa vacanza perché, anche se non ho potuto osservare sempre il suo volto, sapevo che era al mio fianco.

Ora che sei di fronte a me con quel cappello da marinaio e il sorriso sulle labbra, perché sai quello che sto scrivendo, ti dico:

Amore sono felice!

Lo so che non è facile da capire, ma si riesce a essere follemente innamorati anche così.

Scrivi tu qualcosa?

Rodolfo scrive: Sei l'amore della mia vita. Sei eternamente mia e questo è una cosa che nessuno può cambiare. Non vedo l'ora di potere stare da solo con te.

Hai ragione è stato meraviglioso guardare il mare, le luci della notte, abbracciarti. Ma se tu non lo percepisci che sapore hanno le cose?

Voglio stringerti, baciarti, e voglio che la luna illumini la mia mano che accarezza il tuo volto. Voglio che tu possa stare per sempre sola con me.

Ti aiuterò a scrivere il tuo libro affinché tu possa raggiungere la sicurezza eco-

nomica e viva sola, qui in questa isola stupenda che tanto ami e che ora amo anche io.

Amore non mi lasciare mai, e non perché per stare con te ho dovuto fare l'impossibile, ma perché sei la speranza che il nostro amore possa sopravvivere alla morte.

Io ringrazio tutte le donne che ora stanno leggendo questo libro, che mi hanno amato e mi ameranno, siete le meraviglie del creato. Senza di voi, uomini come me non potrebbero vivere, siete il motivo per cui noi esistiamo, e là fuori c'è il vostro amore in carne ed ossa che vi sta aspettando. Non sarà magari bellissimo, potrebbe essere goffo, ma sarà colui che vive per voi, come io per lei.

Lei che si è innamorata di me senza vedermi. Senza sapere quale fosse il mio aspetto.

Se assomigliavo a quelle foto dove mi truccavano per sembrare bellissimo, oppure in quelle in cui avevo le occhiaie e di bello avevo poco. Immagini da cui non trapelava la mia timidezza, quella che mi portavo da quando ero bambino per le mie orecchie a sventola e un po' a punta. Si è innamorata senza capire quale fosse la mia reale personalità. Lei ha offuscato tutte le mie incertezze, perché quando ha pensato per la prima volta di amarmi non sapeva nemmeno chi fossi, apprezzava solo le mie qualità, la parte del mio carattere che percepiva. Come potrei non amarla!

Lei è andata oltre ogni mia immaginazione, lei ama me, non il latin lover. Lei gioca con me un incredibile gioco di forza, si concede e si allontana quando io sono fuori controllo, lei mi sconvolge. E' dolce, sensuale e forte come lo sono io. Siamo simili e questi giochi mi fanno letteralmente impazzire. Qualunque cosa io abbia compiuto per stare con lei, ne è valsa la pena. Amore ti amo. Ti voglio ogni secondo del tuo tempo. Desidero ogni centimetro di te. Tienimi stretto, non posso più stare senza di te. Sono tuo. E vorrei che tu riuscissi a ridirmelo.

Chiedo venia, mi sono lasciato andare. Anche se rischio di ripetermi, devi avere chiaro quello che penso. Prosegui pure.

Mi hai nuovamente lasciata senza parole, non riesco più a pensare a nulla.

Posso solo dirti, anche se suoneranno parole semplici, che ti amo.

Buon anniversario mamma e papà.

11 agosto 2014

Dopo una giornata trascorsa a visitare l'isola, siamo andati nuovamente a Puerto de la Cruz ma questa volta di sera. Tutti i locali erano pieni di persone che ascoltavano musiche di ogni genere.

Un ragazzo che cantava le canzoni di Elvis Presley ha attirato la nostra attenzione. L'imitazione era perfetta, ma non era da meno il suo aspetto. Era notevolmente bello. Delle signore in prima fila, molto attempate, si prodigavano per farsi notare da lui. Devo dire che non mi ha lasciata indifferente, ma mentre ascoltavo il suo repertorio, sono stata strattonata verso l'esterno. Mi sono girata istintivamente, ma non c'era nessuno.

Scusami Rodolfo, ma non sapevo che i fantasmi fossero gelosi.

Rodolfo: Io non conosco gli altri, ma io lo sono.

E poi vuoi che ti dica quello che hai pensato?

A osservare e pensare in quel modo me lo hai insegnato tu. Io prima non guardavo gli uomini così intensamente. Di cosa ti lamenti?

Rodolfo: Sì, ma tu ora hai capito, non serve che continui!

Mi sembra quasi un bisticcio. Non mi pare il caso, visto che non possiamo vederci.

Rodolfo: Scusa, da quanto tempo non mi accadeva. Mi sono lasciato prendere la mano.

Perdonami, non accadrà più. Che assurdità, stiamo razionalizzando l'impossibile.

Rodolfo: Vai, ora devi mangiare. Buon appetito.

Grazie a dopo.

12 agosto 2014

Siamo in viaggio e come sempre ho pianto lasciando Tenerife.

Io amo quest'isola e mi mancherà enormemente. Fino a Madrid, dove abbiamo fatto scalo, tutto è proseguito senza intoppi. Ora sono sul volo che mi porterà all'aeroporto di Malpensa. L'unica cosa che mi rende felice è sapere che è al mio fianco.

Ciao Rodolfo, ci vediamo a casa.

13 agosto 2014

Siamo tornati e fortunatamente questa volta non sono venuti i ladri a visitarci, forse perché hanno capito che non è rimasto più nulla da rubare.

Sono passati due volte e la cosa più incredibile è che quando è accaduto, il caos che hanno creato i ladri, i carabinieri l'hanno interpretato come mio disordine. Ed io che pensavo rilevassero le impronte! Altro che CSI.

Pazzesco! A ogni mia partenza lascio sul tavolo scritto il numero di un'amica di riferimento, in questo caso Alessandra, e informo i ladri che non è rimasto più nulla da rubare.

Il viaggio è terminato senza intoppi ma Tenerife mi manca molto.

Il risveglio ha compensato tutto.

Mi sono sentita felice perché lui era presente, e non solo nel mio cuore, poi sorridendo ho risposto al suo: buongiorno amore!

Non vedo l'ora di poter stare da sola con lui, anche solo per farmi coccolare.

Un altro motivo che rende unico il mio risveglio è dovuto al fatto che la notte mi addormento tra le sue braccia.

Sento che mi stringe forte ed è rassicurante, lascia il sapore dell'amore al sonno. Ora Alessandra, che con tanto amore ha tenuto in questi giorni Shira, il mio furetto, me la riporterà a casa.

La mia piccolina ha nove anni circa che corrispondono a una persona novantenne, ma è vispissima come tutti i furetti. Si sarà certamente divertita con i due figli della mia amica. Spero solo che non abbia morso nessuno.

Ora vado a bere il caffè con Alessandra, mentre gli altri mangeranno il gelato.

La dieta prosegue!

A presto.

16 agosto 2014

Rodolfo scrive: Non la smetterei mai di guardarti. Hai la luce dell'amore negli occhi. Il tuo sorriso mi fa sentire vivo, come non lo sono mai stato. Non serve respirare, non serve che ti batta il cuore per essere vivo, basta che io ti guardi e sono vivo. Vivo e felice come mai avrei potuto essere. Questo doveva accadere, non importa quali sofferenze abbia dovuto passare e nemmeno della morte. Lo rifarei cento, mille volte. Ti amo e sei la mia vita, la mia eternità. Ti voglio e tu sei mia.

Amami per sempre.

Hai impiegato un po' di tempo a capire che non era un otto che ti disegnavo sulla mano, ma l'infinito. L'infinito, ecco quello che voglio per noi.

Ti voglio ogni secondo della tua vita e non smetterò mai di dirtelo.

Lo so che a volte sembra che io ami di più la passione, ma quella vera la provo quando riesco a baciarti, e quando non è possibile, lo immagino.

Amore non lasciarmi, non farlo mai.

Che sensazione meravigliosa essere amati incondizionatamente, e come potrebbe non esserlo visto che sei qui! Grazie per tutte le emozioni che mi dai.

A breve andrò in un museo nel quale potrò vedere la tua auto, e proverò un'altra sensazione fantastica per l'Isotta Fraschini modello 8A.

Non sto più nella pelle. Sono talmente felice che ti riempirei di baci. Vedrò le auto e gli oggetti degli anni '20anni e mi piacerebbe vederli con te.

Ci sarai?

Rodolfo: Potrei accontentarti!

Verrai?

Rodolfo: No, pensavo agli anni '20.

Cosa?

Rodolfo: Troverò il modo di farteli conoscere.

Non capisco, ma mi fido.

Rodolfo: Io so, e vedere che finalmente ti sei lasciata andare, e ti fidi in questo modo, significa che qualcosa di buono l'ho fatto.

Qualcosa? Tu hai riempito la mia vita. Che cosa potrei desiderare di più.

19 agosto 2014

Ciao Rodolfo, mentre scrivevo mi sono chiesta cosa avresti pensato tu delle canzoni romantiche di questa estate.

Rodolfo scrive: Mi piacciono e accrescono il lato romantico del mio carattere.

Volevo anche ringraziarti per il ballo che mi hai dedicato con "Stay with me".

La voce di Sam Smith riporta alla mente i momenti con te.

Qualsiasi cosa facciamo insieme rende uniche le mie esperienze.

Abbiamo tante cose in comune, anche tu ami i cani, i cavalli, la Spagna; ma la cosa più sorprendente è la tua sviscerata passione per l'Isotta Fraschini. Perché non ti ho incontrato ai miei tempi, avremmo fatto scintille!

No, Rodolfo non avrei sopportato di vederti morire.

Rodolfo: Mi sarei curato in tempo, invece di trascurarmi, intrappolato da un mito che mi soffocava e non mi permetteva di conoscere donne normali, ma solo arriviste che ambivano alla loro fetta di gloria.

E se potessimo farlo?

Cosa?

Rodolfo: Tornare ai miei tempi.

Non scherzare, morirei subito per un attacco d'asma e non potrei assumere la pastiglia per la tiroide.

Rodolfo: Con quello che stiamo facendo, non accadrebbe. Hai visto che ora non usi più il cortisone? E non hai più gli attacchi d'asma. La ginnastica che ti costringo a fare tutte le mattine sta mostrando i suoi effetti.

Hai molto più fiato. Per non parlare di come sei diventata precisa nell'alimentazione. E' faticoso lo so, ho stravolto la tua vita, ma semplicemente perché sapevo i risultati che avremmo ottenuto. Vedrai guarirai, ringiovanirai e vivrai con me negli anni '20.

Scherzi troppo, se si potesse, cambieremmo la storia.

Rodolfo: No, la modificheremmo un pochino.

E le tue fan?

Rodolfo: Rimarrebbe tutto inalterato.

Ti prego non fantasticare, lo faccio già abbastanza io.

Rodolfo: Sognare è una delle cose più belle che si possa fare anche da morti.

21 agosto 2014

E' incredibile come tutto sia diverso da quello che immaginavo.

Sono seduta sul letto e ho appena fatto il sesso più impetuoso che abbia conosciuto con uomo che non è vivo.

Impetuoso come ami definirlo tu.

Sto scrivendo perché nonostante il mio fisico sia diventato agile e resistente, non riuscirei a rifarlo.

Farlo tante volte in questo modo riduce il fiato anche a una persona normale.

Però se lo ammiro, con quello sguardo accattivante, le forze mi tornano.

Forse è meglio che non lo osservi, perché è troppo eccitante. Alla mente mi stanno tornando gli istanti appena trascorsi, e non riesco a non desiderare di ripeterli.

C'è un vantaggio nel fare l'amore con un fantasma: si può fare di continuo!

A tutto vantaggio della linea.

Sembrerà strano che ora dica questo, ma io adoro le sue mani e quando si muovono sul mio corpo, mi fanno impazzire.

Vorrei che sappiate che fortunatamente non è glabro come nelle foto. Io amo il petto maschile quando è villoso il giusto.

Non mi piacciono gli uomini con la "tartaruga" di qualsiasi età. Certo i muscoli non devono mancare, ma solo definire la figura armoniosa di un uomo.

Rodolfo scrive: E per fortuna, io la tartaruga l'ho solo vista in spiaggia!

Spiritoso, guarda che quello che hai scritto non lo cancello!

Rodolfo: Ma chi vuoi che creda a quello che stiamo vivendo?

E allora perché continuo a scrivere?

Rodolfo: Perché dobbiamo lasciare il dubbio e poi, per una mia piccola soddisfazione personale, io sono eterosessuale. Confermi?

Sicuro! Ad averne come te.

Rodolfo: Cioè?

E' modo di dire, che indica che ci vorrebbero tanti uomini come te.

Rodolfo: Allora ad averne una come te.

Fai ancora lo spiritoso!

Rodolfo: Non scherzavo affatto!

Non mi piace che si tessano le mie lodi, anche perché io non le ritengo tali.

Magari dimmelo in privato e non al computer.

Non vale! Mi fai perdere la cognizione del tempo se continui così.

Rodolfo: Avrei un'idea, poiché manca poco alle 12:30, direi di continuare a mantenerci in forma. Cosa ne dici?

Parli sempre come se fossi vivo?

Rodolfo: Aspetta che te lo dimostro, quanto sono vivo.

Non accendo il registratore, perché da registrare ci sarà ben poco.

Rodolfo: Scusateci, ma siamo impegnati. A domani.

23 agosto 2014

Oggi sono sola perché è andato a Los Angeles.

Desidera osservare le donne che sono affrante per la sua morte. A così tanta distanza di tempo, lo commuove sempre.

Mi ha raccontato quanto gli piacerebbe poterle ringraziare, ma non esiste alcun modo.

Che cosa fai qui?

Rodolfo scrive: Permettimi di scrivere una cosa per le mie fan.

Fai pure.

Rodolfo: Io vi adoro e non so come ringraziarvi per tutto l'amore che mi dimostrate ancora. Siete sempre bellissime e uniche. Spero che continuerete a venire a trovarmi. E se non siete più nel fiore degli anni, vi ricordo che io il 6 maggio ho compiuto 119 anni, quindi voglio rivedervi negli anni a venire. Ringrazio quella signora vestita di rosso che mi ha portato quel bellissimo fiore.

Grazie a tutte. Siete sempre nel mio cuore, io vi amo!

Rodolfo: Sei gelosa?

E perché dovrei, sei un mito e quindi è normale che questo accada.

Mi aspetto però che non accada il resto.

Rodolfo: Resto cosa?

Vuoi che indichi anche i dettagli?

Rodolfo: No, anche perché ora devo andare.

Perché non mi baci?

Sono pensierosa.

Rodolfo: Cosa ti preoccupa?

Sulla giornata in sé, su quello che devi aver passato prima di morire.

Rodolfo: Amore, è passato. Pensa al presente e aspettami.

Va bene.

A dopo.

26 agosto 2014

Non mi abituerò mai a essere svegliata in piena notte da qualcuno che mi bacia in modo così coinvolgente.

Spero non ci scoprano mai.

In fondo chi mi conosce non crede ai fantasmi e quindi non commetto nessun peccato.

Non credo proprio si possa definire tradimento. E comunque non mi interessa.

Rodolfo scrive: Voglio proprio sperarlo!

Ciao, dov'eri?

Rodolfo: Qui! Stavo leggendo quello che scrivevi. Mi sembrava uno sfogo.

Lo era.

Rodolfo: Sai che mi piace il termine stropicciata?

Bisogna spiegarlo.

Rodolfo scrive: Descrivo io!

Vuole dire che la mattina i suoi capelli ricci non sanno dove collocarsi e vanno ovunque. Per me è bellissima, ma lei dice che è stropicciata.

Sempre troppo lusinghiero.

Rodolfo: Che cosa vorresti che facessimo oggi?

Mi piacerebbe passeggiare mano nella mano.

Rodolfo: E se mi riconoscono?

Senza offese Rodolfo, ma sei morto da qualche anno e dubito che qualcuno possa riconoscerti. Forse potrebbero pensare a un sosia, non credi?

Rodolfo: Accidenti, mi sarebbe piaciuto. E pensare che in vita mi mancava la privacy.

Non ti basto io?

Rodolfo: Sì, scusami ho detto una sciocchezza, ma una in tre mesi che ci conosciamo spero sia consentita.

Certo!

Rodolfo: Domani saremo soli?

No, per alcuni giorni non sarà possibile.

Rodolfo: Mi manca poterti toccare.

Anche a me.

Rodolfo: Ti sfiorerò, come sempre senza che nessuno mi veda, perché voglio che tu sappia che sono sempre con te.

Ti amo.

Rodolfo: Anch'io amore, non dimenticarlo mai.

1 settembre 2014

Sola, finalmente sola.

Dove sei?

Rodolfo non ti percepisco!

Evidentemente oggi non sono al centro dei tuoi pensieri.

Vorrà dire che uscirò, esplorerò il mondo, incontrerò donne, ma soprattutto uomini.

Ops, è arrivato qualcuno.

Vedo che sei sensibile all'argomento.

Rodolfo: E me lo chiedi? Lo sono sempre. Ti ricordo che sono del segno del toro, sono molto possessivo e non voglio che altri si avvicinino a te.

Ok continua a raccontarmi dei tuoi tempi.

Rodolfo: Ho visto che ti piace il ballo Black Bottom del 1919.

Sì è vero, ci sono dei passi veramente interessanti.

Rodolfo: Credo però che la tua vera passione sia il Charleston.

Sì, lo adoro. Hai visto che conosco qualche passo, ma mi piacerebbe saperlo ballare. Me lo insegni?

Rodolfo: Ci devo pensare.

Sempre spiritoso! Andrò in una scuola di ballo in caso contrario.

Rodolfo: Fallo!

Hai una personalità complessa, non sempre è intuibile quello che dirai o farai. Ma quando eri vivo, eri così?

Rodolfo: No, non me lo ricordare, non ero me stesso. Non sono stato molto accorto nella scelta delle donne, e devo dirti che Natasha non era certo amorevole. Però la colpa è stata solo mia, bisogna decidere della propria vita e non farsi condizionare, anche se del buono lo ha fatto anche lei. Pur essendo un perfezionista, lei mi ha insegnato la disciplina, il rigore della determinazione.

Sai cosa mi manca tanto: i miei libri!

Se un giorno diventerò ricca, proverò a cercarli.

Rodolfo: Grazie, mi piacerebbe tanto riaverli.

Chi sa che fine hanno fatto! Probabilmente chi li possiede non sa quanto è fortunato.

Rodolfo: Magari ora sta leggendo queste righe e si riconosce.

Forse. Di sicuro saranno in America.

Ma tu conosci anche il tedesco?

Rodolfo: Non proprio, un po'!

Su di un sito c'era scritto che avevi libri in tedesco.

Rodolfo: Sì, ma alcuni avevano la traduzione in inglese, e altri anche in italiano, in questo modo riuscivo ad aiutarmi nella lettura. Comunque i libri in lingua originale hanno tutto un altro sapore.

A proposito di sapori. Ho visto che non sai cucinare. Avevi fatto un "mappazzone" con la cottura degli spaghetti!

Rodolfo: Diciamo che me la cavo meglio in altre cose.

Sicuramente!

Ma a casa tua pasticciavi in cucina?

Rodolfo: Non molto e non voglio vantarmi, ma avevo una cuoca. Quando non ero conosciuto invece, a volte il problema era riuscire a mangiare. Insomma la gavetta l'ho fatta anche io. Comunque essere bellocci aiuta.

Bellocci?

Rodolfo: Non mi ritengo un adone.

Lascia giudicare a noi donne. Credo di rispecchiare il pensiero di molte dicendo che eri notevolmente bello. Come sai, ti preferivo senza trucco, ma in alcune foto sei bello anche con il trucco.

Le attrici come reagivano?

Rodolfo: Fare l'attore è un mestiere, si interpreta una parte, sei talmente assorto e non pensi al fatto che hai vicino un bell'uomo, nel mio caso una stupenda donna.

In alcune foto però sembra che le tue mani si posino in modo, come dici tu, impetuoso.

Rodolfo: Era solo per esigenze di copione.

Solo?

Rodolfo: Insomma, perché non unire l'utile al dilettevole. Sono o non sono un latin lover!

Però a mia discolpa devo confermare quanto diceva mio fratello: che quando amavo una donna ero veramente fedele.

Je t'aime.

Moi aussi.

Ti piaccio gli attori di oggi?

Rodolfo: Sì, sono bravi. Sono impressionanti, si calano nella parte perfettamente. Riescono a recitare nei cartoon senza vedere ciò che è presente nella scena. Stupendi. Molto, molto professionali. Mi piacciono.

Era più semplice negli anni '20?

Rodolfo: Sì e no, perché dovevi conoscere tutta la gestualità associata alle emozioni e non avevi altro modo di recitare, ma una volta imparata, era facile.

Ti piacevo?

Sì, quasi in tutti i film. Il mio preferito è "The eagle".

Rodolfo: Lo so.

E' avventuroso, romantico e con lieto fine.

Per fortuna che esiste Internet, altrimenti non avrei mai potuto vedere nulla.

Domani andrò al museo di Verona e vedrò, come accennavo in passato, tantissimi oggetti degli anni '20, e poi finalmente sarò vicina al mio secondo amore, l'Isotta Fraschini 8A.

Non vedo l'ora.

Rodolfo: E quale è il primo?

Vediamo... Devo pensarci.

Rodolfo: Sembriamo due ragazzi.

In questi momenti il tempo non esiste e nemmeno l'età. Insomma: tu non dovresti nemmeno essere qui!

Rodolfo: Secondo te perché sono venuto?

Perché mi ami. Credo però che esista un altro motivo, ma non l'ho ancora capito, e tu sei così ermetico quando te lo chiedo.

Rodolfo: C'è un tempo per ogni cosa.

Appunto!

Nei momenti in cui sarò sola al museo, mi racconterai la storia degli oggetti che osserverò?

Rodolfo: Con immenso piacere!

Porterò sempre il registratore.

Rodolfo: Oramai siete inseparabili.

Ci vediamo domani.

Rodolfo: A domani.

Ci siamo, sto aspettando Alessandra, e tra poco andremo in provincia di Verona al Museo.

Sono felicissima.

Ciao guarda i miei occhi?

Rodolfo: Brillano!

Sì, sono al settimo cielo.

Rodolfo: Sarò il tuo "Cicerone".

Non vedo l'ora!

Rodolfo: Sono contento anche io, mi mancano moltissimo tante cose.

Mi farò dare da mio padre tutti gli oggetti che ha del 1920, cosa ne pensi?

Rodolfo: Mi farebbe immensamente piacere.

Eccola! A dopo.

Accidenti stavo dimenticando il registratore. Baci a dopo.

Stai fermo con le mani Rodolfo, le mie reazioni sono visibili in auto.

Eccoci al museo.

Siamo arrivati. Lungo il percorso, ma l'emozione è forte. A breve acquisteremo i biglietti. Mi sento bambina. Sono felice, non oso pensare quando la vedrò.

Posso accendere il registratore perché ho spiegato ad Alessandra che mi serve per registrare quello che vedo, e le emozioni che mi trasmette. Una parziale verità.

Eccomi registratore!

Ci sono auto degli anni '50. Wow, una Topolino!

Alessandra guarda queste auto sono degli anni '30.

Oh mamma! Eccola!

Vado pianissimo, non riesco a camminare. Mi sto commuovendo. Ma sto piangendo!

Quanto è bella, e l'auto più bella che abbia visto.

E' davanti a me, maestosa, scintillante.

E' una Isotta Fraschini 8A, un modello del 1929.

Quanto ho atteso questo momento. Non lo dimenticherò per tutta la vita.

Io amo quest'auto. Che cosa darei per vedere gli interni.

Salire è il mio sogno proibito. Chissà se il destino mi consentirà mai di sedermi su quei fantastici sedili.

Di sicuro ora la fotografo da tutte le angolazioni, e sarà il mio sfondo su tutti i miei strumenti tecnologici.

Ti amo Isotta!

Non si può toccare, ma io sfiorerò solo il bagagliaio, non posso non farlo, non me lo perdonerei.

Ci sono dei meccanici vicino a un'altra auto, ora provo a impietosirli perché desidero vedere gli interni.

Scusate sto scrivendo un libro che si ambienta nel 1920 e avrei piacere di osservare internamente l'Isotta Fraschini, senza salirci ovviamente!

Ho fatto molta strada, arrivo da Bergamo. Io adoro quest'auto.

Meccanico: Devo chiedere al responsabile.

Grazie.

Responsabile: Faccio un'eccezione, ma non può salire. Le mostro i sedili posteriori.

Grazie mille, non la tocco nemmeno, la fotografo soltanto.

Che cosa sono queste corde sul tetto?

Responsabile: Servivano per inserire le falde del cappello.

Che meraviglia! Il porta liquori, c'è anche il beauty case e le spazzole per pulire i vestiti. Tutta la radica che riveste l'auto è bellissima.

La parte anteriore è altrettanto fornita di accessori. Che cosa sono?

Responsabile: Il tergicristallo.

E' vero, mi scusi. Ma il parabrezza si può aprire?

Responsabile: Sì, all'epoca si potevano aprire. Queste auto erano incredibilmente moderne, l'unica cosa che non era affidabile erano i freni. Veramente pericolosi.

Capisco. E' stata una gentilezza fuori dal comune e grazie per tutte le foto che mi ha concesso di scattare. Lei mi ha fatto un grande regalo.

Responsabile: Sono lieto. Ora vado che mi attendono.

Grazie e buon lavoro.

Non riesco ancora a riprendermi, ora visito il resto del museo e poi torno a rivederla.

Rodolfo ci sei?

Ops, c'è qualcuno.

Ti cerco dopo.

Fantastico ci sono le cineprese e i grammofoni, inizio però dalle macchine fotografiche.

Che spavento, sei riflesso nel vetro!

Avvisami.

Rodolfo: Scusa, ma non posso farmi vedere.

Sì, ma io rischio l'infarto così!

Rodolfo: Guarda questa la usavamo per girare i miei film. Quanti ricordi...

Ti mancano?

Rodolfo: Un po'.

Dai non fare così. Cosa mi racconti?

Rodolfo: Mi stai distraendo?

Sì, mi dispiaceva vederti triste.

Rodolfo: Guarda quella cinepresa, l'abbiamo usata per registrare "The Eagle".

L'ho rivisto molte volte quel film, mi piace troppo.

Sei veramente simpatico con la zarina. Di un'eleganza fuori dal comune, quando fingendoti un professore di francese, imiti con le mani la maschera del bandito "Black Eagle".

Mi mostri il gesto?

Rodolfo: Devo?

Sì. Dai. Ti prego.

Fantastico! Hai una classe indescrivibile nei movimenti.

E' chiaramente innata.

Quanto vorrei che ti vedessero anche gli altri. O forse no?

Lo so ti mette angoscia questa sezione.

Seguimi, andiamo a vedere le moto e le biciclette.

Avevi la moto?

Rodolfo: No, però ho avuto una bicicletta in Italia. Sai che adoro le auto.

Sì. Torneremo a vederle alla fine.

Mitiche le biciclette sembrano dei nostri giorni! Guarda quella moto del 1924, se non fosse per i freni e il sellino non si capirebbe che è dei tuoi anni.

Rodolfo: Non so se prenderlo come un complimento, o sentirmi antiquato.

Un complimento, perché molte cose che sto conoscendo le avete inventate voi.

Rodolfo: Però quel computer mi piace. Si possono fare tante cose.

Vero, ma cambieresti i miei tempi con i tuoi?

Rodolfo: Che domande, è chiaro che sono affezionato a quello che conosco.

Mi stanno guardando in modo strano perché parlo da sola. Ora metto una cuffia all'orecchio, simulando una conversazione al cellulare.

Rodolfo: Ai miei tempi avresti già la camicia di forza.

Anche ai miei, oppure una serie di visite dallo psichiatra.

Ridi?

Rodolfo: Sì, mi piaceva la battuta.

Le tue sono molto più divertenti.

Forse non te l'ho mai detto, ma sei veramente simpatico. Forse un po' rompiscatole con il perfezionismo. Certe mattine, quando mi buttavi giù dal letto per fare la cyclette, ti avrei ucciso.

Ops, scusa non volevo. E' un modo di dire.

Però sei il mio più grande amico. Mi sono veramente affezionata a te, e credo proprio che non potrei più fare a meno della tua presenza.

Mi sentirei persa senza di te. Come un Borg fuori dalla sua collettività.

Rodolfo: Chi è un Borg?

Scusami è vero, non lo sai. In Star Trek, una saga di film di fantascienza, futuro insomma, vi sono personaggi di altri pianeti. Alcuni di loro vengono rapiti e subiscono l'inserimento di parti meccaniche nel corpo. Tutti i Borg fanno parte di una collettività, e sono interconnessi attraverso una coscienza collettiva. Insomma non sono mai soli, e i pensieri sono condivisi.

Rodolfo: Ho capito! Come faccio io con te?

Sì. Intendevo questo, mi sono talmente abituata, che non concepisco più il silenzio della solitudine nella mia mente.

Rodolfo: Guarda che strane quelle macchine per scrivere.

Vero! Hanno la tastiera laterale.

Rodolfo: Perbacco, non ero nato quando si usavano!

Ti senti giovane? Sei riuscito a scoprire qualcosa che non avevi visto.

Rodolfo: Relativamente giovane.

Andiamo a rivedere l'Isotta? Certo che questa è proprio bella. Quando è uscita io ero già morto da tre anni.

Se fossi rimasto in vita, avresti fatto la raccolta delle Isotta.

Rodolfo: Sai che avevo comprato una terza auto?

Sì.

Rodolfo: Che cosa è una raccolta? E' come quella dei quotidiani?

Circa, però può calzare come definizione.

Rodolfo: Ci sono ancora i giornali in biblioteca?

Sì, ma non su carta.

Rodolfo: Già avete il computer.

Sì.

Guarda quanto è meravigliosa l'Isotta.

Rodolfo: Mi piacerebbe poterla guidare, e portarti in giro per queste campagne.

Magari!

In questo caso guideresti tu, perché non doveva essere facile manovrarle.

Rodolfo: E' questione di abitudine. Anche ai miei tempi, era un caos guidare per le strade. Los Angeles aveva le strade piene di auto e agli incroci c'erano i vigili, però in alcuni avevano installato i semafori. Le regole stradali non erano eccessive. Ora avete tantissimi segnali e regole. Io non riuscirei a ricordarmi tutto.

Era necessario, perché ora le auto sono molte di più.

Rodolfo: Andiamo a vedere gli oggetti del mio periodo?

Ok.

Dove sei?

Sparito.

Ciao Ale, ho fatto se vuoi, possiamo andare.

Rodolfo: Scusami, ma sono stato colto dalla nostalgia. Ci vediamo a casa, ora voglio restare un po' solo.

5 settembre 2014

Sono giorni che non riesco a vedere e sentire Rodolfo, da quando al museo mi ha detto di sentirsi triste.

Sapevo che mi sarebbe mancato, ma non fino a questo punto.

Rodolfo: Scusami.

Ciao Rodolfo, dove eri? Mi sono preoccupata!

Rodolfo: Perché?

Avevo paura di non vederti più.

Rodolfo: Non accadrà mai, stai tranquilla.

Tranquilla è un po' difficile. Io non so dove vai quando non ci vediamo. Ma non è questo che mi rende apprensiva, è la paura che un giorno ti possa stancare di me.

Rodolfo: Non sono io quello che si annoia facilmente delle cose. Vero?

Sì, accade, perché ho bisogno di continue novità, ma i sentimenti sono una cosa completamente differente.

E poi, tu non sei il mio fantasma preferito? Lo dici sempre tu!

Rodolfo: Perdonami non mi ero reso conto, ma un po' mi fa piacere sapere che ti sono mancato tanto. Vieni. Abbracciami. Desideravo tutto questo. Certo anche il sesso ho sognato, ma le tenerezze molto di più.

Potrei in altri momenti invertire i miei desideri, dipende da quanto mi travolgono i sensi.

Non capisco come sia dove "vivi" tu. Emozioni e sensi sembrano reali come in vita, ma forse è proprio tutta questa novità che mi piace tanto. Tranquillo, non mi annoierò.

Rodolfo: A volte mi spavento, perché penso al fatto che percepisci le mie emozioni. Spero che tu non riesca mai a sapere realmente quello che penso.

Le emozioni trapelano dalla nostra anima, sgorgano con enfasi e le persone come me riescono a percepirle. I pensieri invece, sono qualcosa di più contenuto, non sono carichi di sensazioni di piacere o tristezza, e quindi non sono avvertibili.

Rodolfo: Mi accarezzi il volto? Mi piace quando lo fai.

Ti ringrazio. Questi piccoli attimi mi ricompensano di qualsiasi cosa. Ti ho portato un regalo.

Wow, che cosa? Sono curiosa.

Rodolfo: Cos'è? .... Guarda attentamente.

Non lo so!

Rodolfo: E' il cameo di mia madre. Sono riuscito a ritrovarlo. Vorrei che lo portassi tu.

Posso tenerlo anche nella borsa?

Rodolfo: Sì, l'importante è che tu lo abbia sempre con te.

Sei stato gentile. Grazie.

Rodolfo: Mi regalerai qualcosa di speciale per il mio compleanno?

Che cosa Rodolfo? Lo sai che io non ho soldi.

Rodolfo: Pensavo a qualcosa di speciale che i soldi non possono comprare.

Ok, ci penserò.

Vado, ma mi raccomando non sparire, me lo hai promesso!

Rodolfo: Non penserai di andare via così. Devi prima baciarmi e poi ti lascerò andare.

Lo avrei fatto. Non sai quanto l'ho desiderato.

A domani.

6 settembre 2014

Buongiorno Mondo! Buongiorno Rodolfo!

Che stupenda giornata.

Rodolfo: A cosa si deve?

Lo sai perfettamente!

Rodolfo: Stai forse insinuando che durante la notte qualcuno ti ha svegliato per fare del sesso "impetuoso"?

Non saprei, non ricordo.

Smettila: non farmi il solletico. Smettila, non resisto. Ok, è vero, qualcuno mi ha svegliato.

Rodolfo: E poi?

Non riesco a parlare, smettila ti prego. Lo sai che non resisto se mi fai il solletico in quel punto.

Sì, mi hanno svegliato per fare del sesso "impetuoso".

Rodolfo: E chi?

Un figaccione. Bello, intelligente, colto, capace e molto...

Rodolfo: Molto cosa?

Sto registrando, è un po' spinto.

Rodolfo: Lo dico io?

No! Diciamo coinvolto.

Rodolfo: Ok, coinvolto.

Quando ridi sei bellissimo.

Rodolfo: Siamo bellissimi.

Sai che queste frasi, dette da te, non sembrano sdolcinate.

E poi tu lo dici con un tono molto "maschio", fermo, deciso.

Sono cotta, sono innamorata persa. Che sospirone! Mi riprendo.

Oggi ho molto da lavorare. Ti prego fammi compagnia.

Rodolfo: Non lo faccio sempre?

Sì, ma oggi di più.

Fermo, non dire nulla. Cyclette! Non serve che mi costringi oggi, o che mi tiri per i piedi, vado da sola!

8 settembre 2014

Ogni giorno sono sempre più felice e mi chiedo come sia possibile. La sua presenza, il suo modo di amarmi, mi fanno sentire viva, desiderosa di continuare questa fantastica esperienza che è la vita.

1 maggio 2015

E' passato molto tempo e la vita mi ha colpito duramente. Una persona a me molto cara ha avuto un cancro. Una tipologia devastante, che ha richiesto la rimozione di molti organi, ma contemporaneamente offre la possibilità di sopravvivere. E' stato il periodo più difficile della mia vita. Rodolfo mi è sempre stato vicino. Mi ha aiutato a restare sveglia, mentre guidavo stanca. Mi ha dato la speranza che sarebbe andato tutto bene. Mi ha aiutato a rimanere lucida nei momenti più difficili. In questo periodo ho conosciuto due persone speciali in ospedale, entrambe di nome Maria.

La prima è mamma e moglie perfetta; è dolcissima e le voglio un mondo di bene. La seconda è una professoressa di lettere, una donna bellissima con la quale, nonostante il suo intervento, ho legato e scherzato tantissimo. Quanto mi manca la sua simpatia. Vi voglio bene. Chissà se un giorno potrò andarle a trovare. Ecco perché i soldi servono.

Lo so, l'istituto dei tumori non è il posto migliore dove rilassarsi, ma devo dire che il terrazzo e la Chiesa sono stati speciali per infondere serenità.

Ora siamo a casa e spero che tutto torni alla normalità. Ovviamente tutte le manifestazioni d'affetto tra me e Rodolfo, in questo lungo periodo, non ci sono state.

Mi manca. Quanto vorrei che mi abbracciasse!

Sono stanca, veramente stanca, e anche se non ho mai abbandonato il sorriso, la prova che ho superato è stata difficile. Non so come avrei fatto, se non ci fosse stato Rodolfo a sostenermi.

Grazie Amore.

2 maggio 2015

E' una giornata complicata, mi mancano da morire quelle interminabili sessioni di sesso. Quell'insaziabile desiderio che avevamo l'uno dell'altro.

Quel sentirsi costantemente eccitati, anche quando non potevamo vederci.

Le sue mani che scivolavano sotto i vestiti mentre parlavo tra la gente, e nessuno tranne me sapeva quello che lui stesse facendo.

Voglio il suo corpo, mi manca il desiderio che ha di me.

Non resisto più voglio vederlo.

Rodolfo ti voglio, non ho mai cercato nessuno in questo modo. Amo tutto di te.

Ti prego torna a farti vedere. Sto impazzendo. Ho bisogno di fare l'amore con te.

3 maggio 2015

E' quasi il compleanno di Rodolfo: sono 120 anni! Io non so cosa potrei regalargli di speciale, che non richieda soldi, come aveva chiesto lui.

Ciao Rodolfo! Che meraviglia rivederti! Non puoi immaginare quanto ho desiderato questo momento. Ti prego stringimi. Hai letto quello che ho scritto ieri?

Rodolfo: Vieni. Amore mio, voglio tenerti tra le mie braccia. Quanto mi sei mancata anche tu. Perché piangi?

Perché sono felice. Lo so che non mi hai mai abbandonata, ma io volevo vederti. E ora che sei qui, non riesco a trattenere le lacrime dalla gioia.

Lasciati toccare, stringere, quanto è bello tenerti stretto. Non dobbiamo separarci mai più qualunque cosa accada, promettilo.

Rodolfo: Promesso.

Stavo pensando poco fa che non riesco a trovare un possibile regalo per il tuo compleanno.

Rodolfo: Ho bisogno che tu faccia una cosa per me.

Cosa?

Rodolfo: Hai presente gli antibiotici?

Sì, perché?

Rodolfo: Ho bisogno che ne recuperi due scatole. Mi servono.

Certo che non ti vedo da tanto e mi chiedi cose assurde. A cosa ti servono, sei morto!

Rodolfo: Un mio amico sta molto male, e non ha modo di trovare questi medi-

cinali.

E dove vive? Perché non riesce a trovarli?

Rodolfo: Troppe domande.

Questo è uno dei regali che ti chiedo.

Ma richiede l'esborso di denaro.

Rodolfo: Questo non è il vero regalo, ma mi consentirà di raggiungere lo sco-po.

Non è così facile quello che mi chiedi. Ho amici medici, proverò.

Non vorresti qualcosa di più immediato da me?

Perché muovi la testa così?

Rodolfo: Qualcosa non va, ma non posso parlartene. Lo so che è tanto che non mi vedi, ma quello che ho in serbo è talmente speciale, che qualsiasi cosa sembrerà nulla al suo confronto. Dimmi che sarai mia per sempre.

Come sei strano. Sembra che tu abbia paura di qualcosa.

Rodolfo: In effetti è così, ma andrà tutto bene.

Se non sapessi che sei morto, direi che stai attraversando un periodo difficile.

Rodolfo: E' così. Per favore, parliamo d'altro.

Mi racconti qualcosa degli anni '20?

Rodolfo: Anche la mia Isotta era fantastica. Facevo un figurone quando giravo per la città. Indimenticabile quel periodo. Dov'è la spilla che ti ho regalato?

Nella borsa.

Che cosa fai guardi nella mia borsa?

Rodolfo: Ieri ho visto un tale metterti un biglietto al suo interno. E non mi guardare così: è vero!

Guarda pure, ti stai sbagliando.

Lo sai che il mio cuore batte solo per te.

Rodolfo: Se battesse per un altro, lo fermerei.

Che dici! Tu non mi faresti mai del male.

Rodolfo: Scusami hai ragione, non lo farei mai.

Smettila! Metti giù il cuscino. Non ho voglia di giocare.

Come sei noioso. Non ti vedo da tanto, e tutto quello che sai fare è il "Noioso-ne". Forza! Difenditi! Dai pigrone, ti sei rammollito.

Rodolfo: Smettila o non risponderò più di me.

Quindi è questo quello che vuoi?

Non riesci più a muoverti. Hai visto cosa può fare un fantasma muscoloso.

Ma quanto parli. Forse è il caso che tu agisca.

Rodolfo: Certo. Ti amo.

4 maggio 2015

Sei splendido Rodolfo!

Non ricordavo più quanto fossi bello, e quanto piacevole fosse fare l'amore con te. Lascia che guardi ogni centimetro del tuo corpo. Recuperiamo il tempo perso?

Rodolfo: No, usciamo e andiamo a vedere un'altra Isotta Fraschini.

Dove?

Rodolfo: Andiamo al Vittoriale, dove si trova un mio amico.

D'Annunzio?

Rodolfo: Sì, l'ho conosciuto a Roma. Un altro degno rappresentante della ma-scolinità italiana.

Ok, mi organizzo.

Rodolfo: Vestiti sexy.

Perché?

Rodolfo: Il perché non te lo posso dire.

Vestito rosso attillato e tacchi alti.

Ma saranno pratici?

Rodolfo: Non ti preoccupare, prendi anche le scarpe basse per passeggiare tra i giardini.

Sì capo! Ai suoi ordini. Quando torneremo, però, riprendiamo il discorso.

Rodolfo: Ho detto forse che lo interromperemo?

Non voglio sapere altro.

Rodolfo: Ma non lo spegni mai il registratore?

Mi piace riascoltarti.

Rodolfo: Mi è piaciuto, quando abbiamo cantato insieme poco fa.

Canti proprio bene. A parte cucinare, non ho ancora scoperto una cosa che tu non sappia fare.

Rodolfo: L'uncinetto.

Stupido!

Rodolfo: Anche la maglia.

Andiamo! Sei un bambinone.

Rodolfo: Sicura?

Fermati! Andiamo.

Rodolfo: Non ti dimenticare la bottiglia dell'acqua, la strada è lunga.

Giù le mani, quella era una pacca.

Sì, molto grazioso il tuo "lato B".

Rodolfo: Andiamo! Ora lo dico io.

Lo sai che l'auto la guidi veramente bene.

Insomma!

Rodolfo: Quando imparerai che bisogna farsi dei complimenti ogni tanto.

Ma non sei del segno dei gemelli? Non dovresti essere narcisista?

Sarà l'ascendente scorpione.

Rodolfo: Oh sì, quell'ascendente è fantastico, è molto in sintonia con il segno del toro.

Non me ne intendo.

Rodolfo: Entrambi i segni amano fare l'amore.

Stop! Metto della musica e cantiamo.

Rodolfo: Sì, metti "Même si".

Sì, capo!

Simpatico il tuo accento francese.

Rodolfo: Tutto merito della mamma.

Il resto del merito è di tuo padre, immagino.

L'altro giorno dicevo a una mia amica che gli uomini più belli che ho incontrato quando insegnavo per tutta l'Italia, provenivano da Taranto. Ti dice qualcosa?

Rodolfo: Sì, lo confermo.

Era difficoltoso spiegare tutto il giorno, ma era piacevole la compagnia degli allievi.

Taormina è un posto indimenticabile che ho visitato durante i miei viaggi. I siciliani sono persone cordiali, e hanno dei riguardi per le donne che sembrano di altri tempi.

Rodolfo: Simili a me?

Ecco, proprio così.

Era bello girare per gli alberghi. Erano sempre molto curati. E' stato uno dei migliori periodi della mia vita.

Rodolfo: E questo?

Geloso?

Rodolfo: Insomma. Vorrei che dicessi che nulla è paragonabile a quello che stai vivendo.

E poi dicono donne al volante.

Rodolfo: Che cosa fai cambi discorso?

Sì!

E' vero! E' il periodo più bello della mia vita, e prima che tu me lo chieda, lo devo a te.

Rodolfo: Ora va meglio.

Manca poco?

Non saprei.

Rodolfo: Ho visto le indicazioni!

Bravo.

Rodolfo: Grazie.

Eccoci.

Parcheggiamo e andiamo all'ingresso.

Che fila lunga!

Cassiere: Mi dica?

Un biglietto grazie.

Mi scusi quale percorso devo seguire per vedere l'Isotta Fraschini?

Cassiere: Mi spiace, ma l'abbiamo prestata per una mostra.

Non ci posso credere! Mi scusi, ma desideravo proprio vederla.

Arrivederci.

Che sfortuna, non è possibile.

Anche D'Annunzio aveva dei gusti raffinati, quindi la villa sarà stupenda.

Rodolfo: Chi altro conosci con quelle caratteristiche?

Non ricordo...

Le stanze sono ricche di oggetti e raffinate al contempo ma un po' buie.

La parte nuova, che stava arredando prima di morire, invece è luminosa.

Rodolfo: Cambi sempre discorso quando vuoi eludere la risposta.

Caspita Rodolfo, giù le mani. Per fortuna che non c'è nessuno. Mi hai fatto trasalire quando mi hai toccato il fondo schiena.

Rodolfo: Non sono stato io.

Certo, sono stata io.

Rodolfo: Te lo giuro! Non sono stato io.

E chi è stato?

Rodolfo: Indovina?

Molte donne che hanno visitato questo luogo, sono state colpite dalla stessa sensazione.

Non la chiamerei sensazione.

E' D'Annunzio? Non posso crederlo.

Rodolfo: Credici! Hai letto il "Piacere"?

No.

Rodolfo: Fallo, e poi capirai.

Andiamo a vedere l'aereo e speriamo non succeda altro.

Non puoi renderti visibile? Vorrei stringerti la mano.

Rodolfo: Eccomi!

Grazie mille.

Che cosa fai, mettimi giù!

Rodolfo: Ti porto sulle spalle fino ai giardini.

Ci guardano tutti.

Rodolfo: Meglio.

Mettimi giù!

Rodolfo: Non volevi la normalità?

Questa non lo è! E' un luogo pubblico.

Rodolfo: Che cosa importa. Ricorda il tuo obiettivo. Lasciarsi andare.

Ti ho sollevata perché qui, con i tacchi, saresti caduta.

Pensi sempre a tutto, ma ho le scarpe basse nella borsa, come avevi detto tu.

Fermati voglio baciarti...

E' sempre come se fosse la prima volta.

Sei bellissimo, amore.

Rodolfo: Vorrei mostrarti una persona che si trova in questi giardini. Vieni, cambia le scarpe e seguimi.

Che meraviglia questo parco, e molto bello anche il ruscello. Com'è rilassante questo luogo.

Rodolfo: Attenta! Potevi cadere.

Per fortuna c'eri tu a sorreggermi.

Rodolfo: Devo presentarti la persona di cui ti parlavo.

Parli di quel signore tra i due grandi alberi?

Rodolfo: Sì, lui mi ha permesso di conoscerti.

Con piacere allora, gli sono debitrice.

E' vestito in modo insolito.

Rodolfo: Perché indossa una tunica bianca?

Sì.

Rodolfo: E' il mio insegnante.

Non capisco.

Che cosa insegna? E cosa collega lui a te, e di conseguenza a me?

Rodolfo: Con ordine, ora ti spiego.

Ma è un fantasma?

Rodolfo: Per favore, non utilizzare più questo termine! E' un amico.

Lui mi ha indicato tanti percorsi da seguire.

E non poteva dirti che eri in pericolo nel 1926?

Rodolfo: Non funziona così. E' molto più complesso di quello che pensi.

Va bene, mi arrendo. Dimmi pure!

Rodolfo: Lui mi ha indicato il modo attraverso cui io sarei riuscito a realizzarmi e ora aiuterà te.

Tu eri un attore. Io non posso fare l'attrice, hai visto come sono belle le attrici.

Rodolfo: Certo che tu parli veramente tanto. E quando ti senti in pericolo, non stai zitta un secondo.

E' vero.

Rodolfo: A prescindere che non sei niente male, ma non è quello cui facevo riferimento. Parlavo del libro.

Ops, non avevo riflettuto. Non credo però che le persone possano essere interessate a questo manoscritto.

A me piace scriverlo per poterlo rileggere, e sorprendermi a sorridere per alcune avventure che abbiamo vissuto.

Rodolfo: Non credi che potrebbe piacere anche a qualcun altro?

Non lo so. Le amiche cui l'ho letto piace, particolarmente a Fiorella. E' una persona molto simile a me, in quanto a stranezze. Simpatica.

Lei ha pregato tanto nel mio periodo buio per me e mio marito. In quei momenti si sono evidenziate le vere amicizie. Lei era una di quelle. Altre sono scomparse, e nel modo più antipatico. Annullavano l'appuntamento fissato, a distanza di alcuni minuti dall'orario concordato.

Pur non considerandolo importante, ritengo che il loro comportamento non sia stato dei migliori.

Tu, invece, sei il mio inseparabile amico.

Rodolfo: Mi piace la classificazione, anche se preferirei averne altre.

Come devo comportarmi con quel signore?

Rodolfo: Tranquilla, farà tutto lui.

Rodolfo, ma non parla.

Rodolfo: Taci e ascolta.

Ho ascoltato ma non sento nulla, fatta eccezione per la pace indescrivibile che mi circonda.

Rodolfo: Taci.

Ok.

Mi sembra di essere fuori dal mondo. Non sento più alcun tipo di paura.

Sono rilassata.

Ho solo voglia di scrivere. Descrivere tutte le emozioni e inserirle nel computer. Per il momento continuo a dettarle al registratore.

Ma dov'è finito il tuo amico?

Rodolfo: Tornerà. Lui ti aiuterà, come sta facendo con me.

Perché, può fare ancora qualcosa per te?

Rodolfo: Molto più di quello che pensi.

Ho capito: non è dato sapere.

Rodolfo: Ecco, brava!

Che noia a volte.

Rodolfo: Dammi la mano. Andiamo a vedere la tomba di D'Annunzio.

Ok. Non correre. Ti ricordi che soffro d'asma.

Rodolfo: Ma non eri migliorata?

Sì, ma non guarita!

Rodolfo: Dobbiamo concentrarci di più sulla ginnastica per migliorare il fiato.

Perché? Non devo mica fare le Olimpiadi!

Rodolfo: Non proprio.

E' qualcosa riguardante il sesso?

Rodolfo: No, non penso sempre a quello.

Non devo indagare?

Rodolfo: Esatto!

Andiamo, tutti questi misteri mi infastidiscono e per una curiosa come me, sono difficili da sopportare.

Rodolfo: Gelato? Guarda c'è un piccolo bar.

E va bene.

Corrotta con un gelato.

Rodolfo: Com'è?

Buono. Guarda il cioccolato? Non soffri osservandolo.

Rodolfo: Un po'. E tu sei "odiosa", ti diverti a farmi soffrire.

Ti ricordi quanto ho sofferto io prima di vederti.

Mi sembrava di impazzire perché sapevo che eri presente, ma non potevo vederti.

Rodolfo: Non dipendeva da me!

Va bene, sei scusato. Da chi, non me lo dirai mai?

Rodolfo: Ti piacerebbe se andassimo poi in un ristorante?

Appunto! Perché no, andiamo al ristorante.

Perché quella signora ti guarda così?

Rodolfo: Non lo so.

Signora: Mi scusi se l'ho osservata in quel modo. Lo sa che assomiglia a un attore vissuto tanti anni fa. Un certo Rodolfo Valentino. Lo conosce?

Rodolfo: Sì, ne ho sentito parlare. So che era un bravissimo attore. Bello, intelligente, di classe.

Signora: Vedo che lo conosce bene.

Rodolfo: Sì, credo che fosse veramente bravo come attore.

Signora: E poi era un bellissimo uomo. Senza nulla togliere a lei, che gli assomiglia in un modo impressionante. Non si offenda, ma lui era più bello.

Rodolfo: Grazie, lo considero lo stesso un complimento. Signora…?

Signora: Ada.

Rodolfo: Grazie ancora signora Ada, è stato un piacere conoscerla.

Ada: Caspita, il baciamano!

Rodolfo: Sono entrato nella parte. Le auguro un buon proseguimento di giornata.

Ada: Grazie anche a lei e alla sua amica.

Rodolfo: E' la mia fidanzata.

Non ci posso credere, ti ha riconosciuto.

Credevo che si fossero dimenticate di te, almeno del tuo aspetto fisico.

Però ha detto che sei più brutto di Rodolfo Valentino.

Non parli più? Sei ancora in "brodo di giuggiole"?

Rodolfo: Diciamo che è stata una bella sensazione.

Te la tiri?

Rodolfo: Che cosa vuol dire?

Che ti senti molto importante.

Rodolfo: Perfetto! Me la tiro un pochino.

Mi sembra di capire che siamo fidanzati.

Rodolfo: Non volevo che fossi considerata solo come un'amica.

Ok, fermati non dire altro. Va bene così.

Dai andiamo al ristorante.

Rodolfo: Volevo solo dire che sei la mia donna. Si dice così?

Sì. Andiamo.

Rodolfo: Che cosa mangerai?

Te!

Rodolfo: Divertente!

Devo vedere il menu, ma penso insalata. C'è sempre prosciutto o carne ovunque, e sai che non la mangio.

Rodolfo: E' proprio vero: "Chi ha il pane non ha i denti"!

Ora lo spiritoso sei tu.

Ops, ma mi hai dato una pacca sul sedere!

Rodolfo: Così la smetti.

Mi spiace però che tu non possa mangiare con me.

Rodolfo: Questo argomento mi rende infelice, perché vorrei fare cose che nella mia condizione non sono possibili.

Non ti rattristare. Oggi io mangio e tu fai dieta.

Rodolfo: Sei riuscita a farmi sorridere.

Sei dolcissimo quando sorridi.

Ti amo!

Che cosa fai ti emozioni?

Rodolfo: Guarda che meraviglia quel cavallo.

Non pensavo si potessero incontrare in paese.

Rodolfo: Perché sorridi?

Perché cambiamo continuamente discorso.

Rodolfo: Ed ha funzionato anche questa volta?

Sì.

Mi stai fissando un po' troppo intensamente.

Perché mi stringi la mano così forte?

Rodolfo: E' vietato?

No, ma è un po' imbarazzante.

Non dico che non si debba fare, ma non sono un dipinto da esaminare.

Rodolfo: Per fortuna!

Intendevo che ai nostri giorni non si fissa una donna in quel modo, sembri quasi un maniaco.

Non ridere.

Finalmente è arrivata l'insalata.

Rodolfo, mi osservi anche mentre mangio!

Rodolfo: Ma io lo faccio sempre!

Sì, ma io non ti vedo.

Rodolfo: Hai ragione, osserverò quello che ci circonda.

Sembri un ragazzino!

Rodolfo: Ma non ero un porco?

Che cosa fai urli!?

Non si dice.

Rodolfo: Non capisco, dite un sacco di parolacce e non posso dire porco. Ma lo dici sempre tu!

Anche se non è educato, le parolacce sono ammesse. E porco, io lo dico solo in certi momenti, molto privati.

Rodolfo: Non capisco: le parolacce sì, porco no.

Siete veramente complicati.

Come mi regolo?

Bella domanda. Non lo so!

Penso che in pubblico tu non debba fare nessuna allusione al sesso.

Rodolfo: Ma la parolaccia che indica quella parte del corpo, la usate!

Parolacce sì, riferimenti al sesso no.

Rodolfo: Certo che siete strani...

Siete dei maiali a letto, ma non si deve sapere. Parlate in modo volgare e vi compiacete.

Non vi capisco.

Come contraddirti.

Mangio l'ultimo boccone, poi andiamo nel negozio di articoli da regalo e vediamo se hanno un modellino dell'Isotta Fraschini.

Guarda che meraviglia quel modellino.

E' un aereo del primo decennio del secolo scorso.

Rodolfo: Sì, lo conosco.

Quando mi racconterai altro sulla tua vita?

Rodolfo: Quando vorrai, ma preferirei che non lo scrivessi.

Perché?

Rodolfo: Vorrei lasciare un alone di mistero, se non ti dispiace.

E' vero che conoscevi Charlie Chaplin?

Rodolfo: Sì, eravamo amici e mangiavamo spesso insieme. C'è addirittura una foto che ci ritrae all'interno dell'hotel Ambassador di Los Angeles.

La cercherò.

Quell'albergo è bellissimo, mi piacerebbe tanto soggiornarvi, sempre che esista ancora.

Rodolfo: Magari accadrà quando avrai finito il libro e andrai a presentarlo a Los Angeles.

Hai una fede incrollabile!

Rodolfo: Fidati. Sono io dall'altra parte della barricata. Piacerà. E tu andrai a dormire a casa mia, o quello che è rimasto, per una notte.

Smettila, mi fai sognare troppo.

A me non piace però la notorietà.

Rodolfo: Cosa t'importa, scrivi per me.

Sospendiamo l'argomento, siamo diventati troppo seri e parliamo troppo.

Vieni compriamo quel piccolo aeroplano che mi piace tanto.

Lo prendo rosso, il tuo colore preferito.

Peccato per l'Isotta. Oggi non è giornata.

Rodolfo: Ora andiamo al lago?

Perché?

Rodolfo: Ho nostalgia dell'acqua.

Riesci a rimanere visibile tutto il giorno senza sparire?

Rodolfo: Penso proprio di sì.

Rodolfo dove sei?

Che spavento, pensavo avessi fatto uno dei tuoi soliti scherzi.

Rodolfo: No, non mi vedevi perché ero andato a osservare l'orizzonte in una stradina. Bella cittadina questa di Gabriele.

Forza andiamo al lago!

Rodolfo: Termina in fretta il libro, voglio che tu venga da me.

E se le tue fan ti costruissero un mausoleo a Los Angeles?

Rodolfo: Non mi serve.

E' vero, ma sarebbe carino!

Rodolfo: Fidati, non mi serve.

Va bene, non se ne fa nulla.

Eccoci siamo al lago!

Rodolfo: Facciamo il bagno nudi?

Sei matto, non vedi quanta gente c'è.

Oh, mio Dio. Che cosa fai?

Fermati!

Rodolfo: Vieni, è bellissimo.

Non ne ho nessuna intenzione!

Rodolfo: Vengo a prenderti?

No, rimani in acqua ti porto almeno le mutande.

Potresti metterti dell'intimo più attuale.

Avvicinati Rodolfo, mi bagno solo le gambe.

No, ma sono vestita!

Sono fradicia. E ora?

Rodolfo: Sono felice.

Questo si può dire a voce alta?

Rodolfo sei nudo in un lago, credo che quello che gridi sia ininfluente.

Rodolfo: Lo credo anch'io.

Dammi il mio fantastico intimo che mi copro.

Dici che le persone abbiano notato il mio ciondolo?

Solo un non vedente non lo noterebbe.

Rodolfo: Sì, forse hai ragione.

Ora l'ho coperto! Gelosa?

Non ho avuto il tempo. E poi gelosa di cosa?

Rodolfo: Del fatto che altre donne possano avere visto nudo il tuo amore.

Cambierei discorso, se non ti spiace.

Per fortuna oggi è caldissimo.

Ora ci asciughiamo e torniamo a casa. Ci siamo esibiti a sufficienza.

Non ridere e sali in macchina!

E' lunga la strada del ritorno. Ascoltiamo la musica.

Rodolfo: Devo far pipì!

Ci fermiamo a un autogrill, va bene?

Rodolfo: No!

Perché mi guardi così?

Ho qualcosa che non va?

Mi fermo.

Rodolfo la smetti di fissarmi.

Oh, cosa ho detto?

Smettila di ridere!

E' vero, mi ero dimenticata che non hai quel tipo di necessità.

Sono proprio fusa.

Che scherzo.....

Per fortuna che siamo arrivati!

Che stupenda giornata. Non mi rilassavo così da tanto tempo.

Sono veramente serena.

Vorrei che questa giornata non finisse mai.

Rodolfo: Indovina cosa facciamo ora?

Qui?

Rodolfo: Pronta a gridare di piacere, e sembrare pazza, giacché in macchina sarai da sola?

E me lo chiedi?

Rodolfo: Vedo che la confusione ora è totale. Sei riuscita a lasciarti andare. Muoviti amore, apri gli occhi ti stanno guardando delle persone fuori della macchina.

Che figura!

Ops.

Scusate stavo provando la parte che devo recitare a teatro. Com'è venuta?

Osservatori: Benissimo, farà un figurone!

Grazie mille.

Buona giornata.

Osservatori: Dove reciterà?

A Milano. Ma la parte non è ancora sicura.

Osservatori: La esegua esattamente come poco fa, la prenderanno di sicuro.

Grazie ancora.

Rodolfo che vergogna.

Rodolfo: Non ho mai riso tanto.

Ti farò pagare il biglietto.

Andiamo.

6 maggio 2015

Auguri!

Dove sei?

Sono 120 anni.

Rodolfo dove sei?

Non ho il regalo, ma vorrei farti gli auguri.

Mi sento stupida a gridare così per casa, dove sei?

Non c'è!

Uffa, com'è difficile questa situazione, ora chiamo Fiorella e chiacchiero un po' per distrarmi.

Ciao Fiorella, come sta Gedeone?

Fiorella: Bene, ne ha fatta una delle sue. Devi sapere che è un gatto "sclerato", e oggi mi ha distrutto un rotolo di carta per asciugare.

Lo so, gli animali assomigliano sempre un po' hai padroni.

Fiorella: Mi sa che hai ragione.

Domani sono da quelle parti, devo accompagnare mio fratello in montagna.

Ci sei? Finalmente lo potrai conoscere.

Sì sono a casa, però vorrei conoscere anche Gedeone.

Fiorella: Gedeone in macchina, no. Lo dovrei staccare dalla tappezzeria mentre guido. Sembrerebbe di vedere la pallina del flipper impazzita nell'auto.

Hai reso l'idea, appena passo da Varese vengo io a trovarti.

Fiorella: Sì dai, è meglio così. A domani, ora vado perché ho una telefonata in sottofondo dell'avvocato.

Perfetto a domani, ciao.

Mi concentro sul lavoro. Oggi non credo che lo vedrò.

13 maggio 2015

Questa sera corso!

Pizze e Focacce, l'unica sfortuna è di essere allergica al lievito.

Assaggerò la focaccia genovese: non resisto. Toglietemi tutto, ma non la focaccia genovese!

Solita routine. Pulire la scuola, preparare la documentazione, gli attestati e fare la spesa. Certo che mia madre poteva risparmiarmi qualche allergia, visto che non posso nemmeno avvicinarmi alla polvere senza una mascherina di protezione.

Fatto!

E ora caffè.

Caffè con panna.

Ho scritto anche una poesia, dedicandola a Gianluca, altrettanto ghiotto di questa delizia. Ricordate!

Eccola:

<u>LA PANNA – DEDICATA A GIANLUCA</u>

BIANCA COME LA NEVE,
LEGGERA COME UNA NUVOLA,
DOLCE COME IL BACIO DI UN BIMBO,
SOFFICE COME I SOGNI,
ESTASIATA TI OSSERVO E AVVOLGENDOTI TRA LE MIE LABBRA TI SCIOLGO.

Gnam! Viene fame solo a rileggerla.

Sola ma felice.

Certo che questi fantasmi si fanno desiderare.

Uffa!

Domani uscirò a bere con Fiorella un caffè, nei giorni scorsi non è passata a causa di un problema con il medico dell'assicurazione, insomma i soliti casini di Fio.

Io abbrevio sempre i nomi, seguono i miei ritmi frenetici, e quindi Fiorella è diventata Fio, Debora Deb, mio marito invece lo chiamo per cognome. Perché? E' una lunga storia. Un'altra volta.

14 maggio 2015

Ciao Fio.

Come va?

Fiorella: Bene, puoi uscire?

Sì, aspetta che avviso mio marito, e andiamo al caffè e poi shopping.

Fiorella: Sì dai!

Vestiti attillati?

Fiorella: Sì.

Ti ho inserita nel libro di cui ti parlavo.

Aggiungerò questa conversazione, ti scoccia se continuo a registrare così non devo ricordare tutto?

Fiorella: Fai pure.

Caffè dopo, perché devo mostrarti un vestito.

Hai visto quel tipo? Un po' strano.

Fiorella: Quello al suo fianco però non era niente male. Ferma il registratore, il resto non si può dire.

Da questo momento in poi: scateniamo l'inferno! Spento!

27 maggio 2015

Sempre le stesse cose.

Per fortuna ci sono i corsi. Amo scherzare con gli allievi, con molti di loro si è instaurato un vero rapporto di amicizia.

Per il resto invece.

Non si batte chiodo.

Sparito!

Domani sarà il mio compleanno e lui non si vede.

Un regalino, no?

Ho fatto un sogno meraviglioso.

Mi recavo a Los Angeles per la presentazione del libro.

Volevo passeggiare per la città in cui era vissuto Rodolfo. Nel sogno non lo conoscevo. Mi ero documentata tanto su di lui, e sapevo tutto di Los Angeles nel 1920 ma nulla di quella di oggi. Speravo che molti dei luoghi che aveva conosciuto ci fossero ancora. La condizione per la quale avevo accettato un viaggio tanto lontano era quella di dormire una notte nella casa di "Rodolfo Valentino", o perlomeno la parte restante. Con un'interprete ero arrivata a Falcon Lair. Abbiamo richiesto di vedere il panorama della città. Ero finalmente sola a casa sua, Los Angeles vista dall'alto era sicuramente diversa da quella che vedeva lui, ma ero lì. Che cosa poteva esserci di più elettrizzante? Anche se non era come nel libro, mi sembrava che lui potesse essere con me. Ci separava solo la morte. Sino a quando le sue braccia non mi hanno stretto. Non lo vedevo, perché era alle mie spalle. Ero felice in un modo che non saprei descrivere. Le lacrime ricoprivano il mio viso. Non smettevo più di piangere dalla gioia. Avevo solo quindici minuti prima che la guida tornasse a prendermi, ma stringevo le sue mani perché volevo che non andasse più via. Pensavo a quanto avrei voluto che il tempo e lo spazio svanissero. E la sua voce? Che piacere, sentivo la sua voce.

Mi chiedeva se mi piacesse quello che vedevo. Era la prima volta che potevo udirla. Come si può descrivere un'emozione paradisiaca come quella.

Le sue mani erano stupende. Quando mi ha preso il braccio e mi ha girato verso di lui, mi sono "sciolta". Era bellissimo, elegante.

Non era vestito come nel libro, aveva un elegante abito marrone. Splendido! Stavo ascoltando "Photograph" di Ed Sheeran con il mio MP3, quindi quando mi ha cinto il fianco per ballare un lento, non ho riflettuto nemmeno per un attimo: mi sono lasciata trasportare. Non potevo essere più innamorata. Ora che sono sveglia, anche se lo conosco, spero che questo accada, per riprovare le stesse emozioni.

Torna! Ti amo!

30 maggio 2015

Sono furibonda, questa volta non lo perdono.

Non ci sono scuse. E' passato un sacco di tempo e non torna.

Ora basta. Per me può andare a "farsi friggere"!

Mi ha proprio stancato e poi dice che non se la tira.

Spero che non stia facendo lo stupido con un'altra donna o gli rifilo uno schiaffo.

Non m'interessa chi è!

Rodolfo: Quanta violenza!

Fatti vedere e te lo dimostro.

Rodolfo: Auguri!

Non mi servono, e poi era l'altro ieri.

Rodolfo: Lo so!

Ne ho piacere.

Avrei sperato in una visita.

Elogi tanto il tuo savoir faire, la tua galanteria, il tuo saper capire le donne e poi assumi degli atteggiamenti privi di sensibilità. Qualunque uomo avrebbe fatto di meglio!

Latin lover del cavolo!

Rodolfo: Se appaio, mi picchierai?

Non farlo adesso, sono troppo adirata.

Rodolfo: Come parli? Sembri dei miei tempi.

Andare con lo zoppo.......

Rodolfo: Quale zoppo?

E' un modo di dire.
Rodolfo: Ora vado.
E non tornare più!

2 giugno 2015

Corsi. Sono la mia più grande cura.

Mi aiutano a superare momenti difficili che in quest'anno scolastico non sono mancati.

Sono stati la mia ancora di salvezza.

Non lo dimenticherò. Quando sarò vecchia e ripercorrerò con la mente questo periodo, con il sorriso sulle labbra, sarà perché mi ricorderò dei corsi e la serenità che gli allievi mi trasmettevano.

Siete stati unici.

5 giugno 2015

Cosa ci rende così ansiosi? Cosa ci fa dimenticare il piacere di vivere i singoli momenti?

La fretta.

Perché vivere velocemente, se non si riesce a gustare l'attimo.

A cosa serve correre verso qualcosa che non si apprezzerà, perché si sarà intenti a perseguire altri obiettivi.

Come dice Rodolfo bisogna lasciarsi andare. Vivere, vivere senza pensare cosa ci riserverà il domani.

Devo rilassarmi e non pensare a nulla.

Ero seduta sul divano e ammiravo l'albero che padroneggia il giardino.

Potevo scorgere la sua imponenza attraverso la porta finestra, quando all'improvviso mi sono tornati alla mente ricordi felici. La felicità di quando papà ci portava sul fiume Ticino. Percorrevamo grandi distanze alla ricerca di un ristorante caratteristico. Come si può dimenticare quell'aria spumeggiante che solleticava il naso, mentre si attendeva che portassero ciò che avevamo ordinato. La gioia di noi bambini di correre sul prato e bagnarsi nel fiume. Indimenticabile il massaggio ai piedi che era prodotto dall'erba mentre si correva per raggiungere i sassi che ci separavano dall'acqua.

Acqua fredda e bassa, che durante l'afa estiva ci rigenerava.

Calma, sole, acqua e tanta allegria.

Che fine avevi fatto Rodolfo?

Perché indossi il vestito da sceicco?

Sparisci per tutto questo tempo, e poi riappari conciato così e per giunta truccato.

Rodolfo: Scusami, avevo fretta di venire da te, e non ho avuto il tempo di cambiarmi.

Ma di cosa parli?

Perché reciti ancora?

Rodolfo: Mi sono espresso male. O forse, volevo dirlo, ma non era il momento.

Non solo sparisci, ma quando torni, sembri squinternato.

Che cosa hai?

Rodolfo: Questo è uno di quei momenti in cui non posso risponderti.

Dove vai?

Vado via, mi sono stancata.

Rodolfo: Non lo fare, tra non molto capirai tutto.

Tutto cosa?

Rodolfo: Abbi ancora un po' di pazienza, tutto sarà più bello di quello che immagini.

Vieni, voglio stringerti a me. Mi sei mancata da morire.

Non ti lascerò più. Questa è stata l'ultima volta. Ho terminato tutto.

Accidenti, ho della sabbia ancora sui vestiti!

Dimenticavo, che bel sogno che hai fatto il giorno del tuo compleanno! Vieni, balliamo "Phograph", accendi il grammofono o come si chiama ora.

Sei stato chiaro, anche se non assomiglia certo a un grammofono l'MP3, ma entrambi hanno la capacità di farti sognare, ascoltando la musica.

Rodolfo: Hai sentito i miei dischi?

Lo sai che piacciono.

Non usi più il passato?

Rodolfo: Che importanza ha il presente, il passato o il futuro.

Se non fossi morto, direi che sei ubriaco, o hai la febbre.

Rodolfo: Basta, vieni balliamo.

Anche se non mi va molto.

Rodolfo: Come sono profumati i tuoi capelli, come mai sei vestita così provocante?

Devo uscire.

Rodolfo: Con chi?

Delle mie amiche.

Rodolfo: Perché se sono amiche, indossi quegli abiti? Cambiati!

Non ho intenzione di farlo.

Rodolfo: Mi sono perso qualcosa? Mentre ero assente, sei uscita con un uomo?

Perché mi guardi in quel modo, mi devi dire qualcosa di poco piacevole.

Sì, ciao. Sono arrivate.

Rodolfo: Ti prego dimmi che non è cambiato nulla.

Ciao. Scusami, ma devo proprio andare. Del resto è quello che fai sempre con me, con una semplice differenza, tu ora puoi vedere quello che combinerò. Io invece, per tutto questo tempo non ho saputo nulla di te.

Ciao.

9 giugno 2015

Che spavento!

Cosa ci fai nel letto? Copriti!

Perché? Mi hai già visto nudo!

Vattene!

Rodolfo: Ora smettila.

Altro che "Cinquanta sfumature di grigio" facciamo ora.

Io però non ho certamente un carattere remissivo.

Rodolfo: Vieni qui e osservami. Sono così brutto? Non sono piacevole?

Dammi la mano, devo farla scivolare sul mio torace.

Lo sapevo... Non ti allontani.

Postino: Raccomandata.

Di nuovo. Abbiamo i postini più ligi al dovere di tutta Italia.

Ma questa è proprio sfortuna.

Vado.

Ovviamente era una multa.

Ora risalgo, e tu sei sparito.

Dove sei?

Come volevasi dimostrare. Sparito!

Sono nuovamente furibonda.

11 giugno 2015

Che male! Cosa mi ha punto?

Una rosa sul cuscino?

C'è anche una calla.

Che profumo, mi piace tanto questo fiore.

Non so dove sei ma grazie. Anzi, grazie un corno!

Non ne posso più, ti odio.

Ecco cosa faccio alla tua calla, e della tua rosa.

Distrutte!

14 giugno 2015

Sono giorni che ovunque io vada trovo fiori.

In particolar modo calle.

Telefono: Ciao, sono Marco.

Sì, ho visto, avevo memorizzato il tuo numero di cellulare. Come stai?

Marco: Bene. Sono in Italia per un mese e volevo passare a salutarvi. C'è tuo marito?

No, mi dispiace. Lo sai che è sempre in giro per lavoro.

Marco: Insegna sempre in altre scuole oltre alla vostra?

Sì, purtroppo, questa volta è in una scuola di Bruxelles e insegna a dei professionisti.

Marco: Peccato, volevo passare a salutarlo.

Quindi non vieni?

Marco: Certo che sì! Ti va se ceniamo in un bellissimo ristorante che c'è a Treviglio, ha anche una stella Michelin.

Certamente! Quando? E' importante che tu mi dica il giorno perché sono impegnata con i nuovi corsi tenuti da altri docenti.

Marco: Venerdì 19 giugno, ore 18:30.

Perfetto! Il venerdì sono libera. Ci incontriamo a scuola.

Marco: Chiamami se dovessero sorgere problemi.

Non sorgeranno vedrai. Avremo molto da raccontarci, per me è stato un periodo impegnativo.

Marco: Ci vediamo il diciannove.

Ciao.

A presto.

Rodolfo: Chi è questo Marco?

Buongiorno e ben tornato.

Vedo che esisti ancora. Pensavo fossi svanito.

Ogni tanto ti ricordi di me. E chi sono io, per essere sempre nei tuoi pensieri.

Per farti decidere di stare sempre al mio fianco.

Sembro un criceto cui non si presta attenzione, ma cui si dà cibo e acqua solo per paura che muoia. Si osserva nella gabbia, si coccola qualche secondo e poi ci si dimentica di lui. Senza ricordarsi il motivo che ci ha portati ad acquistarlo.

Non è un paio di scarpe, comprate impulsivamente, e nemmeno io lo sono.

Comunque Marco è un uomo affascinante, imprenditore di successo e grande oratore.

Rodolfo: Troppo di tutto per i miei gusti.

E' bello?

Molto. Non posso negarlo, lo vedrai.

Rodolfo: Perché hai accettato?

Tu non ci sei mai.

Sono passata dalla padella alla brace.

Non sono mai stata attratta da lui, perché è troppo serio e perfezionista. Sembra sempre che debba dimostrare a qualcuno quanto valga. L'atteggiamento tipico di quelle persone che sono eternamente in competizione con il padre.

Rodolfo: E cosa è cambiato?

Voglio approfondire la sua conoscenza, potrebbe non essere quello che ho sempre immaginato.

Mi ha stupito una sua frase su Skype.

Rodolfo: Mi ferisci.

Anche tu ogni volta che mi lasci sola.

Devi capire realmente quanto valgo per te. Dimostramelo o non ci sarà un futuro.

Rodolfo: Mi dispiace che tu non abbia capito nulla di me, ma soprattutto che tu non sappia darmi fiducia.

In questi anni l'ho accordata a tutti, e cosa mi ritrovo?

Sono sola in queste quattro mura, senza sapere cosa mi riserverà il futuro.

Rodolfo: Nessuno lo sa.

Non capisci nulla. Morti o vivi, voi uomini non capite nulla.

Ecco! Sparire e l'unica soluzione che conoscete.

19 giugno 2015

Attendo con ansia il momento in cui rivedrò Marco.

Oggi mi vestirò con un vestito attillato ma elegante. Voglio essere osservata, ma non per quello che potrei mostrare.

Tacco dodici, perché Marco è molto alto. E' una persona di classe con un bel fisico.

Manca poco alle 18:30. Ora mi cambio.

Sono agitata come un'adolescente, che bizzarre sensazioni.

Ecco, finito!

Sì, posso andare. Registratore, messo in borsa. Tutto in ordine.

Lo vedo arrivare.

Ciao Marco, come sei elegante.

Marco: Anche tu.

Aspetta chiudo la cassa del negozio e sono pronta. Che fiori profumati, sono per me?

Marco: Sì.

Grazie li metto nel vaso, finisco le ultime operazioni e arrivo.

Marco: Ok.

Wow, che auto hai noleggiato?

Marco: Veramente, è mia.

Tu hai una Jaguar? E' la mia auto preferita, non sono mai salita su quella meraviglia.

Marco: C'è sempre una prima volta.

In realtà la mia auto preferita è l'Isotta Fraschini 8A, ma non conosco nessuno che la possegga. La Jaguar è al secondo posto.

Marco: Non vorrei sembrare esagerato, ma la conosco molto bene, perché mio padre ne possiede una.

Allora aspetta che prendo il libro che contiene le poesie che ho scritto, al suo interno una è dedicata all'Isotta.

Marco: Andiamo?

Certo.

Credi che potrei vedere l'Isotta di tuo padre?

Marco: Non saprei, m'informerò.

Non immagini quanto mi piacerebbe.

Parcheggiamo vicino alla banca, qui non c'è mai posto.

Marco: Mi piace questo paese. E' caratteristico. La gente com'è?

Simpatica. Io ho molti amici che sono nati qui. Mi dispiacerebbe molto andare via.

Marco: I paesi caldi ti piacciono?

Sì, moltissimo.

Marco: Vieni, aspetta che entri prima io.

Galante.

Marco: Si fa quel che si può!

Cameriere: Avete prenotato?

Marco: Sì, a nome G.

Cameriere: Prego! Ecco il menu.

Immaginavo che non ci fossero i prezzi. Questo ristorante è costoso.

Marco: E quindi?

Siccome so che paghi tu, non volevo spendessi troppo.

Marco: Non preoccuparti.

Che cosa mangi?

Io prendo il plateau royal, non penso di riuscire a mangiare altro.

Marco: Perfetto, lo possiamo condividere visto che piace anche a me.

Ti posso mostrare le mie poesie?

Marco: Certo.

Le posso leggere tutte?

Mi piacerebbe.

INFINITO

HO RACCOLTO LE POCHE FORZE CHE AVEVO ED HO CERCATO LA VITA.
HO TROVATO LA VITA NELLA TUA ESISTENZA ED HO CERCATO DI CONOSCERTI.
TI CONOSCO MA NON RIESCO A VEDERTI, PERCHÉ TU NON SEI QUI APPARTIE-
NI ALLA MORTE.

LIBERTA'

L'IRA ALEGGIA FEROCE NEI MIEI PENSIERI.
FORTI EMOZIONI INNEGGIANO PER PORRE TERMINE A QUESTI MOMENTI.
NON POSSO PIÙ RESISTERE A QUESTI EVENTI.
VOGLIO CHE TUTTO SVANISCA,
SVANISCA IN UNA SOLA PROFONDA, SINCERA, AMATA PAROLA:
LIBERTÀ.

AMORE MIO

CAMMINAVAMO MANO NELLA MANO E IL MONDO SI ANNULLAVA.
STRINGEVAMO I NOSTRI SOGNI PRIVI DI OGNI SCOPO, SE NON LA NOSTRA
UNIONE.
CORREVAMO INCONTRO AL NOSTRO FUTURO COME DUE FANCIULLI.
DUE FANCIULLI CHE NON CONOSCO LA PAURA DEL DOMANI.
IL SOGNO CHE LE NOSTRE MANI SI NON SAREBBERO MAI SEPARATE.

SOLITUDINE

NON PERCEPISCO PIÙ LA TUA PRESENZA.
NON PERCEPISCO PIÙ IL TUO AMORE.
NON PERCEPISCO PIÙ IL DESIDERIO CHE HAI DI ME.
NON SO COSA STIA ACCADENDO.
MI CHIEDO SE NON SIA LA FINE DI QUESTO INFINITO AMORE.
MA COME POTRÀ ESSERE VISSUTA UNA VITA SENZA TE.
LA MIA PIÙ GRANDE PAURA È INCONTRARE LA SOLITUDINE.
UNA SOLITUDINE CHE NON PREVEDE TE.

KABAR

SORRIDO PERCHE' E' UNA BELLA GIORNATA.
SORRIDO PERCHE' MI SENTO VIVA.
SORRIDO PERCHE' LA VITA E' BELLA.
SORRIDO PERCHE' I TUOI OCCHI INCROCIANO I MIEI.
SORRIDO PERCHE' TU MI SEGUI OVUNQUE VADA.
SORRIDO PERCHE' IN OGNI ISTANTE POSSO CONTARE SU DI TE.
SORRIDO PERCHE' SEI SEMPRE FELICE QUALUNQUE COSA IO FACCIA.
SORRIDO QUANDO EMOZIONATO MI TOCCHI CON LA TUA CODA.

LA MORTE

CANCELLAVO IL RICORDO DEL DOLORE,
CANCELLAVO IL DOLORE DAL MIO CUORE,
LA PAROLA AMORE RISCRIVEVO NEL MIO CUORE AFFICHE' NON SOFFRISSE,
MA NON CAPIVO CHE TU NON ESISTEVI PIU'.

LO SCEICCO

DOPO MILLE TRAVERSIE ALLE TUE COSTE APPRODAI,
DA LONTANI VILLAGGI PARTII,
ARRIVAI CON LA SICUREZZA DI CHI TUTTO PUO',
MI ARRABBATTAI IN CENTO LAVORI,
MA FINALMENTE GIUNSI ALLA META.
DANZAVO, RECITAVO L'AMORE.
ERO AMATO,
MA NON ERA REALE.
NULLA ERA REALE.
LA MORTE E' STATA REALE.
CHE MI HA PORTATO VIA COME LA SABBIA DEL DESERTO SPAZZA VIA IL SOLE.

DESIDERIO

GRAZIE PER AVER ATTRAVERSATO LA DISTANZA CHE CI SEPARA,
GRAZIE PER ESSERTI INNAMORATO DI ME,
GRAZIE PER TUTTE LE VOLTE CHE AVVERTO LA TUA PRESENZA,
GRAZIE PER IL MOMENTO IN CUI POTREMO INCONTRARCI.

CARION

UNITI IN UN BALLO INFINITO,
UN BALLO LEGGIADRO E SINUOSO,
UN BALLO DEI TEMPI ANDATI,
DOVE GLI OCCHI SI INCROCIANO
E LE MANI SI STRINGONO.
NULLA SEMBRA FINIRE.
SOLO ORA CAPISCO CHE QUESTO INCANTO
TERMINERA'
TERMINERA',
INESORABILMENTE QUANDO
LA CARICA
TERMINERA'

AMORE

TI AMO,
TI AMO PER QUELLO CHE SEI,
PER L'INFINITO CHE VEDO NEI TUOI OCCHI,
L'INIFINITO CHE SENTO NEL TUO RESPIRO,
L'INFINITO CHE SENTO NELLE TUE PAROLE QUANDO
MI DICI
TI AMO.

FALCON LAIR

ATTESE INFINITE,
SACRIFICI INFINITI
PER VEDERTI.
MAESTOSA,
DAGLI ECHI SPAGNOLI,
IMMENSI GIARDINI,
CON TE L'ORIZZONTE NON CONOSCE CONFINI.
ARAZZI, SPADE UN RICORDO DI GLORIE PASSATE,
LEGGEREZZA DEI TESSUTI NELLE STANZE ADORNATE,
FORTI EMOZIONI CELATE.
ED ORA CHE CURIOSI PASSANTI
SI RITRAGGONO INNANZI,
NON RIMANGONO DI TE
CHE ALCUNE STANZE
IN MEMORIA DI COLUI CHE L'AMORE INNEGGIO'.

DUBBIO

ERO SUL PUNTO DI NON CAPIRE IL COME O IL PERCHE'.
POI HO INTESO CHE LA PASSIONE ERA LA CHIAVE
PER AMARE TE.

ISOTTA FRASCHINI 8A

TI CERCO,
TI ANELO,
TI SOGNO.
VORREI VISITARE IL MONDO CON TE,
SENTIRE LA CAREZZA DEL VENTO TRA I MIEI CAPELLI.
DOVE SEI?
TRA IL LUCCICHIO
DI MILLE COLORI,
TI SCORGO.
L'EMOZIONE E' FORTE.
RACCOLGO CON LA MANO UNA LACRIMA ,
FILNALMENTE POSSO TOCCARTI,
MIA ELEGANTE, SCINTILLANTE, ISOTTA FRASCHINI 8A.

NOTTE

SENTO L'ECO DEI MIEI PENSIERI,
SENTO LE LABBRA MUOVERSI,
SENTO LA QUIETE PERVADERE OGNI MIA CELLULA,
SENTO IL MIO VOLTO ILLUMINARSI AL TUO PENSIERO,
SENTO UN RICODO ALLONTANARSI
NEL BUIO DELLA NOTTE.

ORA

E' ARRIVATO IL MOMENTO CHE TUTTO SI SCOPRA,
OGNI FRASE, OGNI PAROLA, OGNI EMOZIONE,
DINNANZI A TE IO VERRO',
E IL VOLTO DELL'AMORE SCOPRIRO'

CIOCCOLATO

TI HO VISTO SDRAIATO
SOPRA UN SOFFICE STRATO.
I MIEI OCCHI ERANO LANGUIDI,
LE MIE MANI VOLEVANO TOCCARTI.
VOLEVO PROVARE
QUELLE EMOZIONI CHE SOLO TU SAI DARE.
VOLEVO POSARE LE MIE LABBRA SU DI TE.
ADDENTARTI E FARTI MIO.
INEBRIARMI DI TE.
GIOIRE CON TE.
SOGNARE CON TE.
MA NON POSSO,
SONO TROPPE,
SONO TROPPE LE CALORIE CHE MI PUOI DARE.

PAROLA

SENTIMENTI,
DESIDERI,
EMOZIONI,
TUTTI RACCHIUSI NELLA PAROLA
AMORE.

NATURA

CAMMINAVO CON I PIEDI SULL'ERBA
PER MANTENERE IL CONTATTO CON LA NATURA.
FARFALLE BIANCHE VOLAVANO,
LEGGERE, NELL'ARIA.
IL PROFUMO DEI FIORI MI INEBRIAVA LA MENTE.
IL RESPIRO SI ERA FATTO LENTO.
AD OGNI PASSO RISCOPRIVO
QUANTO LE PREOCCUPAZIONI SVANISSERO.
SOLO ORA CAPISCO CHE NON ESITE UN MODO MIGLIORE,
PER RITROVARE IL SILENZIO DELLA PACE INTERIORE.

Marco: Ma è un cane Kabar?

Sì, è il cane di Rodolfo Valentino, un attore che recitava nel 1920, mentre Falcon Lair è la sua casa.

Dimenticavo "Lo sceicco" è un film, sempre di Rodolfo Valentino.

Marco: Vedo che ti piace Rodolfo Valentino.

Sì.

Marco: Il fascino del latin lover.

Continua a leggere Marco, vorrei che terminassi prima dell'arrivo dei piatti.

Marco: Sono veramente belle. Non sapevo di questa tua vena poetica.

Nemmeno io.

Marco: Come?

Sono uno dei mezzi per esprimere i propri pensieri.

Marco: Lo credo anch'io.

Delizioso questo piatto, non trovi?

Sì, ma che strano termine. Delizioso, un po' antica come definizione, mi sarei aspettata, invece, che dicessi buono.

Marco: Che cosa cambia?

Nulla, ma mi fa venire in mente un mio amico.

Marco: Come mai parlando di lui, ti incupisci?

E' uno che si fa desiderare.

Marco: Come amico?

Certo.

Parliamo d'altro.

Marco: Dicevi che è stato un periodo difficile.

Sì, una persona a me molto cara ha avuto il cancro.

E' stato un periodo devastante.

Sono sempre stata convinta che nonostante l'invasività dell'intervento, sarebbe andato tutto bene. Questo mi ha dato la forza di proseguire e lavorare, trovando mille soluzioni per la scuola.

Marco: Mi sembra di capire che sia tuo marito la persona che è stata operata.

Sì, è inutile farne un mistero è lui.

Gli sono molto affezionata, e non riesco a immaginare una vita senza di lui.

Anche se nella realtà non c'è mai, e appena si è ristabilito, è subito ripartito per i suoi tour.

Marco: Sei sicura che non abbia un'altra donna?

Non lo so. Non voglio pensarci. Anche se sono anni che mi tormento al solo pensiero.

E tu con le donne come va?

Non sei sposato, mi pare di capire.

Marco: No, ma c'è una persona che mi piace.

Vive dove abiti?

Marco: No, vive in Italia.

Peccato. Mi dispiace, deve essere complicato.

Marco: Sì, lo è molto, anche perché lei non lo sa.

Non lo sa? Perché non glielo hai detto?

Sei un bell'uomo, affascinante. Insomma hai tutte le carte in regola per piace-re.

Marco: Speriamo che lei condivida questo tuo entusiasmo.

Certo che sì. Devi dirglielo.

Marco: Seguirò il tuo consiglio.

Andiamo da qualche altra parte dopo?

C'è un posto che non ho mai visto, si chiama "Bloom". Ci andiamo?

Marco: Perché no!

Chissà cosa penserà la gente che mi vede con te.

Marco: Non sei mai uscita con un amico?

Qui, no.

Marco: Pago il conto e andiamo.

Perfetto, io vado in bagno.

Marco: Cerchiamo con il navigatore la strada.

Eccola, è vicino.

Fa veramente caldo. Ci vorrebbe un po' di aria condizionata.

Lo vedo. Scorgo la scritta "Bloom".

Carino, non trovi?

Marco: Sì, entriamo.

Wow, questa sera ci sono delle esibizioni di Charleston.

Sai che lo ballo un po'?

Marco: Sei una scoperta unica.

Guarda che meraviglia. Come sono bravi.

Marco: Vieni sediamoci a quel tavolo.

Ti si illuminano gli occhi.

Sono fantastici i ballerini.

Non sono agitata, sono contenta. Non serve che tu mi tenga la mano.

Perché mi fissi così, cosa c'è che non va?

Che cosa hai fatto? Mi hai baciato.

Marco: Scusami, mi sono lasciato andare. Ho solo pensato a quello che avevi detto.

Ora la persona che mi piace lo sa.

Sono io?

Scherzi, vero?

Tu sei l'uomo che qualunque donna vorrebbe.

Non hai niente che non vada.

Sei in gamba, ed ho visto mentre parlavi in pubblico come le donne rimanevano estasiate ascoltandoti.

Marco: Perché capisco che c'è un ma…

Sì, io amo un altro. Anche se non è sempre presente, anzi mai negli ultimi tempi, io lo amo perdutamente.

Marco: Quindi non ho chance?

Ora no. Solo se lui continua a trascurarmi.

Perdonami se, in qualche modo, ho lasciato intendere qualcosa di diverso da un'amicizia.

Non mi lasci indifferente, ma io amo un altro.

Marco: Capisco. Peccato. Sappi che io sarò sempre presente per te.

Grazie. Sei veramente speciale.

Marco: Sì, ma non a sufficienza.

Credo che sia il caso che mi riaccompagni a casa.

Marco: Immaginavo. Sesso, no?

Che cosa dici?

Marco: L'ho detto per sdrammatizzare. Volevo lasciarti con un ricordo allegro della serata.

Per un istante temevo dicessi sul serio. E' stato bello conoscere anche quest'aspetto del tuo carattere.

Andiamo.

E' stata una bella serata e la ricorderò con piacere.

E' piacevole sentirsi desiderata.

Prima di andare via devo dirti una cosa: hai delle labbra stupende.

Marco: Perché non hai visto il resto!

Stupido!

Ci sentiamo.

Ciao.

Marco: Ogni tanto pensami.

Sarà fatto.

Ciao.

Marco: Ciao.

A volte noi donne siamo veramente strane. Marco ha tutto, cosa si può desiderare di più. E invece, rimango con un marito che non mi ama. E per non farmi mancare nulla, intraprendo una relazione con un uomo che non esiste. Cosa c'è di più assurdo e stupido. Ora chiamo Marco, non posso essere così irragionevole nella vita.

Rodolfo: Metti giù il telefono!

Chi non muore si rivede.

Certo che non ne dico una giusta.

Rodolfo: Ora sono furibondo io. Ti ha baciato!

Quel che è peggio che ti sei fatta toccare da lui.

Hai finito?

Rodolfo: Smettila di lanciarmi oggetti. Mi fai male.

Se fosse vero, questo non sarebbe che l'antipasto di una nutrita cena.

Rodolfo: E' presto per cenare.

Fermati!

Che cosa vuoi da me?

Basta Rodolfo finiamola. Mi sono complicata la vita a sufficienza, ora voglio la normalità. In questo mese voglio conoscere Marco.

Rodolfo: Tu non farai nulla del genere.

Sai da quanto non mi tocchi? Da quanto tempo aspetto di trascorrere qualche ora con te?

Ti prego, se mi ami, lasciami andare, non resisto più.

Rodolfo: Non posso, ti amo troppo. Domani questo sarà solo un ricordo.

Vai a dormire amore, domani sarà un gran giorno.

Un gran giorno per cosa?

Rodolfo: Posso tenerti tra le mie braccia?

Lo so che è uno sbaglio e mi confonderà le idee ma fallo.

Perché le cose non possono essere facili. Perché sei venuto da me?

Rodolfo: Dormi amore. Dormi.

30 giugno …. Ore 8:00

Sento un odore diverso. E' odore di mare, ma come è possibile? Io abito in una pianura e gli odori sono ben diversi. A volte sono pungenti, ma non certo di questo tipo.

Apro gli occhi, ma non riconosco il luogo in cui mi trovo. Cosa accade?

Forse non sono ancora sveglia, eppure mi sembra di esserlo.

Mio Dio ora riconosco il luogo. Sono a casa tua, ma come è possibile? Non sono più…

La tua casa è stata distrutta, come hai fatto a ricrearla?

Rodolfo: Ben svegliata.

Dammi qualche spiegazione.

Rodolfo: Non urlare o ti sentirà la servitù.

Chi?

Rodolfo: Dove pensi di essere?

A casa tua?

Rodolfo: Sì.

Dove mi porti?

Rodolfo: Guarda fuori della finestra.

C'è l'Isotta Fraschini. Dove l'hai trovata?

Rodolfo: E' la mia.

La tua? Ma non la possiede un collezionista in Svizzera?

Rodolfo: Non ancora.

Guarda più attentamente.

C'è una ragazza. Che bel vestito anni '20. Dove l'ha trovato?

Rodolfo: Sunset Boulevard.

Siamo a Los Angeles?

Rodolfo: Sì.

Come è possibile? Non capisco come possa esistere la tua casa.

Rodolfo: Guardami, ti fidi di me?

Sì.

Rodolfo: Indossa questi vestiti.

Dove li hai trovati, sembrano proprio del tuo periodo.

Che bello questo vestito.

Anche le scarpe sono anni '20.

In effetti, è tutto tornato di moda. Che bello il tacco alla cubana. Non sapevo fosse anche comodo.

Mi piacciono.

Stupendi gli anni '20. Come sto?

Rodolfo: Bene, però devi raccogliere un po' i capelli. Posso?

Sì.

Indossa anche tu i vestiti dell'epoca. Sembreremo realmente di quel periodo.

Rimarrai visibile?

Rodolfo: Non immagini per quanto.

Sembri proprio una donna dei miei tempi.

Potresti dirmi dove siamo? E' il set di un film ambientato nel 1920, e hanno ri-prodotto casa tua?

Rodolfo: Vieni, voglio farti vedere il mio giardino.

Sono gli alberi che avevi importato dall'Italia. E' tutto come allora.

Prima ho anche visto la fontana.

Quella però esiste ancora.

E' tutto replicato alla perfezione.

Mi sono documentata su Internet, e in base alle foto che ho visto, sono stati veramente in gamba.

Rodolfo: Devi avere la mente aperta.

Perché?

Rodolfo: Seguimi e guarda Los Angeles.

Scusami, ma proprio io non capisco come possiamo essere a Los Angeles, mi fido di te, ma...

Questa è diversa, le strade non corrispondono a quelle che ho visto su Internet.

Bello scherzo, come ho potuto pensare che fosse vero?

Cosa mi hai versato nel bicchiere ieri?

Lo hai fatto per portarmi qui.

Rodolfo: Vieni Kabar. Dai salta! Fai vedere come sei bravo.

Avete trovato anche il cane uguale. Ovviamente ha lo stesso nome.

Perché dici no con il dito?

Non riesco nemmeno a pensarlo. E' troppo assurdo, non lo dico.

Rodolfo: Dimmi quello che pensi.

E' Kabar! Oh mio Dio. E' Kabar e quella è Los Angeles. Quindi siamo nel 1920?

Rodolfo: Per l'esattezza è il 30 giugno del 1926, e ho appena finito di recitare nel film "The son of Sheik".

Amore, svegliati. E' svenuta!

Dove sono?

Oh mio Dio. Ma cosa succede. Giugno 1926?

Ma sei vivo o morto?

Rodolfo: Vivo.

E' svenuta di nuovo.

Questa volta non riesco a farla rinvenire. Accidenti è più scioccante che io sia vivo, e non che siamo nel 1926. Non lo avrei mai pensato. Capire le donne, in ogni epoca, è sempre stata un'impresa ardua. Sarà per questo che le amiamo tanto.

Ci siamo, si riprende.

Sei vivo. Sono nel 1926. Non fornirmi altri dettagli o perderò nuovamente i sensi.

Rodolfo: Vieni ti porto in casa. Ora la visitiamo così ti riprendi.

Ha senso che ora registri, e se si scaricano le pile?

Rodolfo: Prendi questo. Serve per registrare.

Non ci posso credere è stato inventato ai tuoi tempi! Qualcosa non mi quadra. Anzi, non mi quadra più nulla.

Ok, dammelo. Ora descriverò tutto. Com'è piccolo questo "coso", come si accende?

Rodolfo: L'ho già acceso.

Poi trascrivi tutto su carta. Non chiedermi più nulla. Fallo e basta!

Va bene.

Prova! Prova!

Inizio racconto: casa "Rodolfo Valentino".

Non ridere altrimenti perdo il filo. Sono seria, sconvolta, ma seria.

Stiamo visitando il salone, siamo saliti da una scalinata che dal giardino conduce alla casa, e poi siamo andati al piano superiore. Ci sono altri due soggiorni, ma questo è il più grande.

La stanza è di ampia metratura, e alla nostra sinistra ci sono delle enormi vetrate. Tutto richiama lo stile spagnolo.

Non riesco, mi distraggo continuamente. Non capisco. Com'è possibile? Mi tremano le mani. Ho paura!

Rodolfo: Di cosa? Sei con me, non ti basta?

Volevi stare con me. Dicevi che ti trascuravo, ora sei con me e ci resterai.

Ma tu dicevi di essere un fantasma, avevi dei rimpianti, soffrivi.

Rodolfo: Lo so, ora ti arrabbierai. Ti ho mentito! Non potevo portarti a casa mia nel 1926.

Sì, certo. Farmi credere, invece, di parlare con un fantasma è normale!

Rodolfo: Normale no, ma più verosimile.

Tu sei impazzito, ed io con te.

Forse hai ragione devo distrarmi guardando casa tua. Continuo la descrizione.

Abbiamo trovato una stupenda armatura medievale prima di accedere alla stanza, e una rastrelliera con dei fucili. E' tutto curato nei minimi dettagli. Essendo il proprietario un perfezionista, non poteva essere diversamente.

Ci sono due divani che si spalleggiano guardando le direzioni opposte, ovunque ci si può sedere per intraprendere una conversazione. C'è un enorme dipinto vicino alle finestre.

Chi è?

Rodolfo: E' il ritratto di una duchessa di Casa Savoia.

Era davvero molto bella.

Dalla parte opposta è possibile ammirare uno stupendo pianoforte a coda. Sopra c'è un delizioso scialle spagnolo.

Dove conducono quelle due porte?

Rodolfo: Una alla biblioteca e dalla parte opposta c'è quella che conduce alla sala da pranzo.

Ovvio, terminato di mangiare venite a bere il caffè in questa stanza.

Rodolfo: Non proprio, qui non si usa molto come in Italia, è preferibile un digestivo o un vino liquoroso. Lo dobbiamo dire sottovoce perché è proibito, in questi anni si rischia la galera se si viene scoperti.

Non ho pensato al fatto che fossimo in America: è vero c'è il proibizionismo! Qui sembra tutto così europeo.

Proseguiamo il giro e visitiamo la biblioteca.

All'interno troviamo due dipinti, il primo raffigura Rodolfo Valentino con gli abiti di un milite persiano, mentre nel secondo impersona un Gaucho argentino.

Rodolfo: Permettimi di aggiungere che li ha dipinti un mio amico cubano: Federico Beltran-Masses.

Chi è? Perdonami, ma non lo conosco. Arte Deco?

Rodolfo: Sì. E' un famoso pittore che ha studiato con l'artista Joaquín Sorolla presso l'École des Beaux-Arts de Barcelone. Ha dipinto paesaggi, ma è diventato molto famoso per i ritratti che ha fatto alle celebrità. Una è davanti a te!

Il primo dipinto che hai citato l'ha chiamato "The black Falcon". Non ho il dipinto che mi ritrae con Pola.

Rodolfo: Dimenticavo, sul mio letto ho una tela che raffigura una famosa ballerina spagnola, che ha sempre dipinto lui. Ho conosciuto anche la sua bellissima moglie Irene. Anche lei dipinge, viene da una famiglia benestante ed ha favorito la carriera di Federico.

Questi quadri sono stupendi. E' in gamba! Posso conoscerlo?

Rodolfo: Vive in Francia. Mi sembra che viva ancora a Parigi. Potremmo andarci. Ricorda però che i nostri mezzi sono piuttosto lenti e dovremo viaggiare in nave.

Hai ragione, mi ero dimenticata. Però se andiamo a Parigi, possiamo anche passare da Milano.

Chissà com'è Milano in questi anni, stenterei a riconoscerla.

C'è solo un rischio. Potrei incontrare mio nonno. Sai che ha cantato al Teatro alla Scala? Non ricordo cosa, ma faceva la parte di un bambino che entrava in scena con una trombetta e un cavallino.

Devo riflettere se sia il caso di intraprendere il viaggio.

Prima hai citato Pola Negri. Non la stai frequentando?

Rodolfo: Gelosa?

Sì. Ora sono tutte vive le persone che frequenti.

Rodolfo: Molto gelosa, vedo. Mi piace, e quindi non aggiungo altro.

Dimmi la verità! Siete intimi?

Non fare il sornione.

Sto per diventare furibonda anche nel 1926.

Perché non parli?

Dove vai, mi lasci da sola ed io cosa faccio.

Oh, mamma. Mi è preso il panico, non respiro!

Mi sento male.

Rodolfo: Che cosa succede?

Aspetta prendo dell'acqua.

Prendi questa pastiglia, sono vitamine.

No!

Rodolfo: Obbedisci e taci!

Bevi tutta l'acqua!

Io non ho i tuoi anticorpi.

Rodolfo: Ho detto bevi.

Ma tu respiri perfettamente. Hai inarcato il sopracciglio come faccio io nel film "I quattro cavalieri dell'apocalisse" per indicare che sto mentendo.

Era un bluff!

Non scappare ti prendo.

Quella porta conduce al corridoio, non sai cosa c'è dietro le altre porte!

Però, il bagno. Non è certamente il posto più romantico dove andare.

Questo lavandino è stupendo. Hai anche l'acqua calda. Posso provarla?

Rodolfo: Abile mossa la tua. Guarda che non siamo primitivi, abbiamo tutto. Dopo ti porto in cucina e ti mostro l'enorme frigorifero e miei potenti sei fuochi a gas.

Mostri la faccia da cattivo come nel film "The son of Sheik"?

Va bene.

"I hate you"

Rodolfo: Attenta, se prosegui, finisci nella vasca da bagno.

Ora la riempio e cambiamo gioco.

Sono nel bagno di Rodolfo Valentino, gli arredi sono raffinati come nel resto della casa, e dalla finestra vedo degli alberi. Le tende sono di seta sicuramente italiana. C'è una stupenda toeletta per truccarsi con ogni sorta di profumo. Lo sgabello, che la accompagna, ha delle buffe gambe che sembrano le zampe di un elefante. L'azzurro è il colore che padroneggia in questo bagno. Ora vedo dei vestiti sul pavimento, sono gettati alla rinfusa, ma ci sono tutti. I miei occhi incrociano quelli di Rodolfo Valentino. E' nella vasca da bagno. Ha le braccia appoggiate sul bordo, e il mento su di esse. Lo sguardo è penetrante, e non lascia scampo alla sua preda. Sembra che riesca a spogliarti da ogni volontà.

Non si può smettere di fissarlo, e senza nemmeno rendersi conto i miei vestiti finiscono sui suoi.

Le labbra cercano disperatamente di unirsi, mentre la mia mano le sfiora. Il cuore batte forte. La sensazione di impotenza pervade ogni cellula.

Si potrebbe osservarlo per ore.

E' l'uomo più affascinante, intrigante e sensuale che.....

Rodolfo: Metti giù quel "coso". L'uomo più sensuale vuole dimostrarti che non si è dimenticato perché ha fatto tutto questo. Entra nella vasca. L'ho fatta installare tre giorni fa perché sapevo che saresti arrivata, e ora dobbiamo verificare se la mia scelta è corretta. Quella che avevo prima era troppo piccola per due persone.

Taci!

30 giugno 1926 Ore 10:00

Buongiorno Mondo! Ho appena fatto l'amore con Rodolfo Valentino nel 1926. Quanto sei bello! Ti riempirei di baci. Sono la persona più felice del mondo. Chi dice che nella vita non bisogna sognare. L'ultimo desiderio è andare con te sull'Isotta.

Come non si può ringraziare per tutto questo. Vieni qui che ti stropiccio con un sacco di baci.

Sono felice!

Se questo è un sogno, non svegliatemi. Voglio che duri tutta la vita.

Ora so cosa vuol dire lasciarsi andare, e lo devo a te. Non c'è più nulla che mi freni.

Rodolfo: Non credo sia l'unica cosa che ti ho insegnato.

Non dirlo, è acceso il registratore.

Rodolfo: Che cosa c'è di male?

Ma qualcuno leggerà tutto questo.

Rodolfo: Ti fidi di me?

Sì.

Rodolfo: Allora non fermarti.

Andiamo nella stanza da letto?

Sì, passami l'asciugamano.

Rodolfo: Metti la mia giacca da camera.

Ti sta bene.

Nelle foto quando la indossavi tu, eri carino.

Lo farai per me?

Rodolfo: Indosserò qualunque cosa tu voglia.

Non mi sembra vero.

Non riesco ancora a crederci.

Ti amo da impazzire.

Andiamo.

Le camere da letto sono di sotto, vero?

Rodolfo: Brava, ti orienti bene.

Hai ancora inarcato il sopracciglio.

Corri imbranato del 1920.

Non hai il fisico.

Mettimi giù, rischiamo di cadere dalle scale.

Vile marrano, mi rimetta sul pavimento.

Rodolfo: Dove vai, quella è la stanza degli ospiti!

Ci hai dormito con un'altra donna?

Rodolfo: No.

Allora è perfetta!

Rodolfo: Va bene. Andiamo.

E' valsa la pena aspettare? Mi imiti troppo! Dai rispondimi.

Non saprei.

Rodolfo: Ora ti spingo sul letto.

30 giugno 1926 Ore 11:00

Dorme.

Ho una fame terribile.

Ora vado a cercare la cucina, e rubo qualcosa da quel grande frigorifero di cui parlava.

Accidenti, che perfezione della natura. Avevo già detto che ha un fisico statuario, ma che anche a riposo fosse così dotato, questo non lo avevo accennato.

Riesce a farmi mantenere l'orgasmo per gran parte del rapporto.

Estasi allo stato puro.

Se morissi ora, potrei ritenermi soddisfatta, perché ho provato le emozioni più forti che si possano sentire.

Vado, mi avventuro in questa grande casa.

Devo sicuramente risalire le scale, perché se la sala da pranzo è sopra, sicuramente vicino c'è la cucina.

Nella casa ci sono moltissime armi appese ai muri. Nella camera da letto c'era la moquette, ma nel resto della casa c'è il pavimento. L'armatura orienta verso il salone, quindi la cucina deve essere raggiungibile a breve. Superando il salone, si trova la sala da pranzo. Un lungo tavolo in legno riempie la stanza. Non è di grandi dimensioni, ed è circondato solo da quattro sedie. Illumina la stanza un grande lampadario in stile medievale, mentre contro la parete fa grande mostra di sè una credenza di noce finemente intagliata. La riproduzione del veliero posta sulla sua sommità è bellissima, sembra una delle caravelle.

E' una stanza poco adorna, ma molto raffinata.

Trovata!

Finalmente, dopo tanto girovagare ho trovato la cucina.

E' vero non è per niente dissimile dalle nostre, è moderna.

Eccoli ci sono i sei fuochi di cui parlava, e anche due forni. Il frigorifero domina la stanza. E' enorme!

Lo apro.

Quanta carne, quindi lui la mangia. Latte, uova, formaggio e frutta. Mangio la frutta. La lavo bene. E' meglio che non tocchi il formaggio, non solo per gli anticorpi, ma perché l'igiene non sarà molta in questi anni. Chi lo sa, magari mi sbaglio ed è esattamente l'opposto.

Ecco una mela, andrà benissimo. Perfetto, ci sono anche delle albicocche.

Tovaglioli di carta? Che stupida, usano quelli di stoffa. Un canovaccio pulito è perfetto. Ora ripercorro a ritroso e ritorno da lui.

Cosa ho sbagliato, sono in biblioteca!

Quanti libri, prima non li avevo notati.

Sembrano edizioni rare.

Ci sono anche in francese e in tedesco. Mi sento veramente ignorante. Devo aggiungere a tutti i suoi pregi che è anche molto colto.

Ora che ci penso non dovrò cercare i suoi libri: sono qui!

Recitava bene quando sembrava dispiaciuto perché non ne era più in possesso.

Ecco perché non voleva un mausoleo.

Non riesco però a capire come sia possibile.

Come posso essere qui, come il mio futuro possa essere nel passato.

Voglio andare a casa. Perché sono qui?

E cosa faccio se mi ammalo?

Forse ha ragione lui, mi devo distrarre e visitare la casa, in attesa che mi dia delle risposte. Devo evitare che mi scoppi la testa. Non ricordo, in che giorno siamo? Siamo nel 1926, giugno se non erro. Lui muore il 23 agosto, e io cosa faccio dopo, da sola in questa epoca.

Non potrei proprio sopportare di vederlo morire. Sarebbe un dolore troppo grande.

Basta! Ora vado di sotto e chiedo spiegazioni.

Non serve che corra, non saranno questi pochi metri che ci separano a fare la differenza.

Sono appoggiata alla porta della camera da letto, e non so cosa fare.

Sono terrorizzata da ciò che mi potrebbe dire.

E se per un po' non pensassi a nulla e vivessi questi giorni che si preannunciano indimenticabili?

Farò così! In fondo tutto quello che sta accadendo è incredibilmente emozionante, perché rovinarlo.

Devo dimenticare tutto. Cancellare ogni pensiero di paura. Ora cerco la sua camera da letto. Prima però voglio guardarlo.

Dorme ancora. Non voglio perdermi nemmeno un minuto con lui.

Vado.

Dove sarà la sua camera da letto?

Eccola. Che stile completamente diverso. Molto minimal.

Ecco il quadro sul letto della ballerina spagnola.

E' bellissima ritratta in questa posizione provocante: le braccia sollevate, che si intrecciano dietro al capo, fanno risaltare il seno nudo. Ha un corpo stupendo, che mostra in tutta la sua grazia. Solo un velo cinge le sue parti più intime. Tutto il resto non ha segreti.

Il lampadario è posto nel mezzo della stanza, ma non è l'unico punto luce. Ci sono delle lampade sui comodini, e una alla parete simile a quelle che si accendono in caso di assenza di corrente, e per finire un'applique a forma di candela. I drappeggi oscurano sia le due finestre ai lati del letto, che la porta finestra alla destra dell'ingresso.

Ci sono due dormeuse all'ingresso della stanza. Forse per una stanza di piccole dimensioni, sono ingombranti. Questa camera non ha però la sua impronta, deve essere stata la sua ex-moglie Natasha Rambova ad arredarla.

Mi piace molto l'arancione del copriletto. Ora mi metto sul letto e imito la ballerina.

Faccio il verso anche a lei.

Appoggio la giacca da camera su di un tavolino. Che mordibo il copriletto di seta.

Ho trovato una cravatta. Mi serve per coprirmi. Devo appoggiarmi ai cuscini e sollevare le braccia. Dimenticavo, devo guardare verso la porta.

Rodolfo: Non male!

Scusami, che vergogna. Non volevo entrare nella tua stanza. Anzi sì, volevo ma avrei preferito non essere scoperta.

Anche tu sei figo.

Rodolfo: Che cosa vuol dire figo?

Molto bello, che fa girare la testa quando s'incontra.

Rodolfo: Interessante.

Mi aspettavo che mi svegliassi per torturarmi con le domande.

E invece sei rilassata sul mio letto. Come è possibile?

Che ora è?

Rodolfo: Le 11:30.

Facciamo il bagno e poi usciamo a mangiare.

Ho fame!

Rodolfo: Va bene, parliamo d'altro. Anzi laviamoci.

Ma in questa casa siamo solo noi?

Rodolfo: Ho chiesto che potessimo restare soli.

Ho fatto il bagno con Rodolfo Valentino e ora siamo pronti per uscire.

Stiamo superando il cortile, dove è possibile udire lo zampillio della fontana.

Come accennavo è possibile vederla anche nel 2015. Peccato per la casa.

Sta aprendo il cancello, l'emozione è forte. Ho le lacrime agli occhi. Lo so, sembra strano che si possa provare un turbinio di emozioni per un'auto, ma mi sento come se avessi vinto al Superenalotto.

Non resisto. Sono interminabili questi metri che mi separano da lei.

Eccola!

Rodolfo: Accidenti, sapevo che le piaceva, ma non pensavo potesse svenire.

Svegliati. Ti prego, ho fame anche io!

Piace anche a me, ma è solo un'auto. Ecco, rinviene.

Controllati, le persone ti vedono. Non è bello abbracciare il cofano.

Ti prego lascia che la adori, come si può venerare una divinità. Tu non puoi immaginare cosa avrei fatto ai miei tempi per sedermi al suo interno. Ed eccomi qui, con qualche passo che mi separa dall'entrare. Non capisco più nulla.

Rodolfo: Ho visto!

A qualche cosa sono servito. Potrai salire sull'Isotta.

Prima la guardo dall'esterno.

Rodolfo: Non mi ascolta.

Non capirò mai perché l'autista si debba bagnare quando piove, mentre i passeggeri possono stare comodamente riparati nei sedili posteriori.

Rodolfo: Ti sbagli si può aggiungere un tettuccio anche davanti.

Non lo sapevo.

Ti ricordi quella del 1929 com'era superaccessoriata? La tua com'è?

Rodolfo: Gli interni sono un po' più spartani, ma è particolare. Tutta in radica, con i sedili di pelle. Ha le tendine.

Lo so, le ho viste nel cortometraggio del 1925. Nell'auto ti spogliavi e abbassavi le tendine per indossare il costume.

Rodolfo: Sono un seduttore mentre lo faccio, non credi?

Forse, non l'ho notato!

Rodolfo: Ti ho visto hai inarcato il sopracciglio, quindi menti.

Stai ridendo.

Entro!

Ho paura di sporcarla.

Sono seduta sull'Isotta Fraschini. Non mi sembra vero.

Cosa si può desiderare di più dalla vita, scorrazzata sull'Isotta da un mito del cinema.

Rodolfo: Quindi posso salire.

Certo sali, è tua!

Rodolfo: Ma... continui ad accarezzarla?

Incomincio a essere geloso, per me non hai avuto tutto questo trasporto.

Sei matta! Che cosa fai sdraiata sul sedile con le gambe appoggiate sulla carrozzeria?

Guardo il soffitto.

Matta io. Che sono con te nel 1926, e non rifletto sul perché sono qui e su come sia possibile.

Credo che passato l'entusiasmo, sarò colta dal panico.

Andiamo Rodolfo, o potrei riflettere.

Rodolfo: Non vuoi sapere come funziona?

Non ora.

Mi compri una collana d'argento per appendere il registratore? Sembra un ciondolo.

Non quel ciondolo!

Non ridere.

Andiamo.

Ho fame!

Rodolfo: Ti porto in un ristorante che si chiama "Musso & Franks Grill".

Va bene.

Eccoci in movimento.

Ha un motore potente quest'auto. Non avevo avuto modo di sentire il rombo prodotto dagli scarichi. Ha otto cilindri e ho potuto ammirarli in tutta la loro bellezza. Che melodia, e mentre mi lascio coccolare da questo suono stiamo superando le sue scuderie, attraversando "Bella Drive".

Tra i suoi vicini ci sono anche Mary Pickford (la prima fidanzatina d'America), Douglas Fairbanks e Buster Keaton. Non ricordo dove l'ho letto!

Siamo ora a Benedict Canyon Road, stiamo facendo delle discese molto ripide.

Che cosa succede?

Rodolfo: Abbiamo un piccolo problema, ma ho gli attrezzi per ripararlo.

Ho visto dalle foto che sei esperto.

Certo che da qui la vista è favolosa. I panorami sono mozzafiato.

Rodolfo: In effetti, era un problema di poco conto e siamo già pronti per ripartire.

Salgo?

Rodolfo: Sì.

La guida è a destra.

Mi sono accorta solo ora, nonostante il tragitto non sia stato breve.

Posso aprire il finestrino?

Rodolfo: Sì.

Com'è dura questa manovella.

Quando ero piccola, anche l'auto di mio padre aveva le manovelle per abbassare i finestrini nella parte posteriore.

Altri tempi.

Anche se devono ancora arrivare.

Proseguiamo la discesa.

La via è terminata, e stiamo svoltando a sinistra. Immagino che sia Sunset Boulevard.

Rodolfo: Corretto!

Grazie.

Non mi sembra vi sia un gran traffico.

Rodolfo: Aspetta e vedrai!

Stiamo svoltando.

Dove siamo ora?

Rodolfo: Hollywood Boulevard. Siamo quasi arrivati da Musso e Franks Grill.

Avevi ragione, qui è caos allo stato puro. Sembra di guidare al Cairo.

Rodolfo: Com'è quella città?

Bella, anzi bellissima. Dalla strada vedi le Piramidi, e mentre le osservi, non ti sembra possibile che l'uomo abbia potuto costruire un'opera così ingegnosa. Tutto si trasforma in un attimo, perché si è riportati velocemente alla realtà da un traffico caotico, dove sembra non che vigano regole.

Sinceramente non è molto diverso.

Rodolfo: Le regole le abbiamo!

Scusami, ma non sembra che le rispettino tutti.

Rodolfo: Forse.

Siamo arrivati. Parcheggio in una stradina laterale e poi facciamo un piccolo pezzo a piedi. Mi raccomando testa bassa ed entra velocemente nel ristorante.

Va bene.

Ho messo i piedi per la prima volta sullo sterrato di Hollywood Boulevard. Dove dobbiamo andare?

Rodolfo: Qui dietro.

Che profumi diversi. Mi piace essere qui.

L'architettura dei tuoi tempi è interessante. Anche il decennio precedente non mi dispiace.

Mi sento soffocare da tutte le emozioni.

Dammi uno schiaffo, non posso credere di essere qui, con te.

Ho voglia di gridare al mondo quanto ti amo.

Rodolfo: Ricordati sempre in che anno siamo.

Già!

Ci possiamo dare la mano?

Rodolfo: Sarebbe meglio di no, daremmo troppo nell'occhio e credimi, dobbiamo evitarlo.

Va bene, andiamo.

Che cosa sta facendo quel "tipo". Ma ruba la borsa della signora!

Rodolfo: Fermati cosa fai? Che cosa combini. Lo hai steso!

Come si dice in inglese: Tenga la borsa signora?

Rodolfo: Passagliela e stringimi la mano.

Scappa!

Che cosa fai, dove corriamo.

Rodolfo: Conosco un passaggio. Dobbiamo salire sul tetto di questa casa. Forza sali le scale.

Ti avevo detto di non dare nell'occhio e tu quasi lo ammazzi.

Fermati, fai le scale troppo in fretta. Perché corriamo?

Rodolfo: Mi hanno riconosciuto.

E' vero stanno gridando Rudy.

Rodolfo: Blocchiamo la porta. E' poca cosa, ma dobbiamo saltare sul tetto di Musso.

Tu sei matto!

Rodolfo: Hai fatto un salto di ottantanove anni all'indietro, e ti preoccupi di questo saltino.

Proprio perché l'ho fatto, vorrei evitare di assomigliare a un uovo che cade sul pavimento.

Rodolfo: Fifona in tutto.

Lo sapevo che avrebbe funzionato agire sul tuo orgoglio.

No, smettila. Mi fai male. Non picchiarmi qualcuno potrebbe vederci.

Perché mi guardi così?

Rodolfo: Mi sorge il dubbio che in certe circostanze, tu finga per farmi sentire uomo. Potresti liberarti dalla presa, non è vero?

No! Hai inarcato il sopracciglio. Quindi ho ragione.

Devi smettere di farmi il verso del film i "Quattro cavalieri dell'Apocalisse".

Giù le mani, ci vedono! Non toccarmi il lato "B".

Rodolfo: Non l'ho toccato, l'ho sculacciato.

Che sguardo feroce.

Mano?

Ora sì?

Rodolfo: Sì, entriamo dal retro di Musso e posso fare quello che mi va.

Sono Italiani?

Rodolfo: Sì, hanno aperto qualche anno fa. Mi sembra nel 1919.

Sono le cucine?

Rodolfo: Sì.

Ciao Frank.

Frank: Ciao Rodolfo.

Rodolfo: Posso presentarti l'amore della mia vita.

Frank: E' la signora della quale hai continuamente parlato in quest'ultimo anno?

Rodolfo: Sì.

Anna, ti presento Frank.

Piacere.

Frank: Il piacere è tutto mio. E' un onore conoscerla. Rodolfo dice che lei è speciale.

Mi lusinga, non sono abituata a tutti questi complimenti.

Ahi!

Frank: C'è sempre il tuo tavolo, lo lascio libero quando mi riferiscono che sei a Los Angeles.

Prego, le accompagno la sedia.

Ha già un'idea di cosa preferisce mangiare?

No, mi devo confrontare con Rodolfo.

Frank: Certamente, le porto il menu.

Grazie mille.

Perché prima mi hai pestato il piede?

Rodolfo: Siamo nel 1926, i complimenti a una signora sono quasi un obbligo.

Conoscendolo, tra poco mi prenderà in disparte per dirmi cosa pensa.

E se dice che non sono carina?

Rodolfo: E' cieco.

Magari la prossima volta toccami la mano.

Rodolfo: Sì scusami.

Ma tu, quando parti, sei un treno, e non rifletti.

Come darti torno. Forse devi dirmi un po' di cose. Devi insegnarmi il bon ton.

Ho fame!

Che cosa posso mangiare senza che mi succeda qualcosa?

Rodolfo: Tutto.

Non preoccuparti di nulla, è uno dei ristoranti più puliti che io conosca. Il cibo è sempre freschissimo. Hanno dei frigoriferi enormi.

Ho visto quando siamo passati.

Io non ho gli anticorpi per quest'acqua.

Rodolfo: Primo è in una bottiglia di vetro, secondo proviene da una sorgente non lontana. Terzo non siamo all'età della pietra. Pensa che abbiamo speso 23.000.000 di dollari per costruire le tubature e portare l'acqua nelle case.

Sì, ridi pure, ma meriteresti di non mangiare.

Come ti arrabbi.

Mi hai convinto.

Rodolfo: Parliamo d'altro, è fastidioso come ci raffiguri.

Preparano un pollo buonissimo!

Accidenti, mi scordo sempre che non mangi la carne.

Però mangio il pesce.

Rodolfo: Allora prendi il salmone grigliato. Lo accompagnano con una salsa gradevole.

Anche Charlie lo mangia.

Chi?

Rodolfo: Charlie Chaplin, te lo avevo detto che siamo molto amici?

Sì.

Figata! Mi fai conoscere tutti gli attori?

Scusami, avrei piacere di conoscere i tuoi amici attori.

Rodolfo: Perché no, facciamo una festa a casa mia, e te li presento.

Anche donne?

Solo le mogli.

Niente single.

Rodolfo: Ora ti riconosco.

Che cosa fai con il piede. Non puoi farlo qui, ora.

Non riesco a controllarmi.

Lo sento. Credo che ora tu non possa alzarti.

Rodolfo: Smettila o non si mangia.

Va bene. Finito!

Rodolfo: Frank, abbiamo scelto il salmone grigliato per entrambi. Speciale, mi raccomando.

Frank: Per te, sempre speciale!

Pensavo si facesse il baciamano.

Rodolfo: Certo, ma non alla presenza di un uomo che potrebbe non gradire queste attenzioni.

E' vero, l'ho visto nei tuoi film. I mariti erano gelosi.

Però il baciamano non prevede che l'uomo tocchi con le labbra le mani.

Rodolfo: Hai notato con quanto trasporto lo faccio. Secondo te avrei avuto tutto quel successo se non agivo in quel modo?

Non credo! Non avevi molti modi per trasmettere passione.

Rodolfo: Non ho molti modi.

Non avevi molti modi, perché non baci più nessuna.

Rodolfo: Sei visibilmente mediterranea.

Dove vai?

Ti faccio vedere quanto lo sono.

Rodolfo: Siediti.

Devi controllarti. Prima, ti avevo detto di stare tranquilla, e tu per pronta risposta hai malmenato un uomo.

Ma... stava rubando una borsa!

Rodolfo: Ci sarebbe stato un uomo che sarebbe intervenuto, non credi?

Non avevo pensato a quella opportunità.

Rodolfo: Cos'era?

Che cosa intendi?

Rodolfo: Quello che hai fatto.

Ah, certo "Karate".

Rodolfo: Accidenti, mi devo ricordare di non litigare con te.

La forza non ti manca l'agilità nemmeno. T'insegnerò qualcosa.

Tango vs Karate.

Rodolfo: Ovvio.

Poverino quel ragazzo, credo che non ruberà più una borsa in tutta la sua vita.

Avrà pensato che se le donne picchiano così, chissà gli uomini!

Caspita come ridi. Non mi sono mai divertito tanto. Come potrei non essere così innamorato.

Potrei scriverci delle poesie.

Non farlo. Sono emozioni nostre e soprattutto non scriverlo nel tuo diario.

In realtà no. Avevo letto qualcosa su questo.

Arriva il pesce.

Potrei mangiarmi un lupo.

Si è alzato, l'ha chiamato Frank, come aveva previsto. Il ristorante è di classe.

E' elegante, contrariamente a quello che si possa pensare trattandosi di pietanze cotte su grill.

Il personale è incredibilmente cortese.

Esisterà nel 2015?

Cosa mi importa, sono nel 1926! Mi piacerebbe però che esistesse.

Il cibo è ottimo.

L'arredamento è ricercato.

E' pulito, come diceva Rodolfo.

Non si sentono nemmeno gli odori della cucina.

E qui non passa l'ASL!

Faccio scivolare la mano sulle poltrone. Che sensazione.

Sono in legno all'esterno, mentre all'interno sono ricoperte da un velluto morbidissimo. Le tovaglie del nostro tavolo sembrano di seta o di un tessuto simile.

Non sono sintetiche.

Riflettendo, ora potrei comprare una bella camicia da notte di seta. La colorazione sarà fatta in modo naturale. Sì, certo, anche nel 2015 c'è, ma non posso permettermela.

Insomma tutto perfetto. Devo usare il presente parlando del 2015 o il passato trattandosi però del futuro? Mah!

Chissà se una volta comprata la camicia da notte, riuscirò a tenerla addosso.

Il locale ha delle lampade a forma di goccia e la luce che delicatamente si sprigiona nella stanza rende l'atmosfera molto romantica.

Sto strizzando gli occhi per osservare meglio. Sembra una boiserie che ricopre più di metà della parete. Sì, lo è!

Mi sono alzata per toccarla. Lo so che non si fa, ma non ho resistito.

E' intagliata a mano, si vede dalle imperfezioni. Il proprietario avrà investito parecchio in questo locale.

Sono anche fantastiche le travi sul soffitto, in legno scuro. Non sono tante, ma sono inserite in modo armonioso, e contribuiscono ad arricchire il locale.

Mi piace molto.

Bentornato!

Rodolfo: Dopo ti racconto, ora sarebbe troppo evidente.

Questa sera ti porterò in un posto che ti piacerà da morire, prima però dovremo passare a sceglierti i vestiti adatti. Anche dell'intimo, cappello e scarpe.

Cosa non va nelle mie scarpe?

Rodolfo: Sono aperte, sei l'unica ad averle.

Puoi dire che le abbiamo prese a Parigi.

Rodolfo: No, è meglio rendersi più anonimi possibili, non credi?

Certo. Hai ragione.

Shopping nel 1926!

Non posso crederci.

Non voglio però che tu spenda troppi soldi.

Rodolfo: Che cosa dici? Credimi l'ultimo dei pensieri sono i soldi.

Scusami, non volevo offenderti. Ho pensato così.

Rodolfo: Frank è andato a vedere se possiamo uscire dal retro. Andremo in un negozio che vende i vestiti di Coco Chanel.

No, ti porto io. Tu mi indichi la strada, sedendoti dietro, con le tendine tirate verso il basso.

Rodolfo: Potresti trovare qualche difficoltà a guidare la mia auto. Sono difficili da sterzare, i pedali bisogna spingerli fino in fondo, il cambio è diverso.

Me lo insegni per un tratto di strada?

Aspetta!

Mi sorge il dubbio che tu abbia paura.

Hai paura che ti rovini l'Isotta.

Forse perché le donne al volante sono pericolose?

Rodolfo: Dai andiamo che ti spiego.

Sai Rodolfo, le vitamine che mi hai dato sono un portento.

Mi sembra che la pelle sia più tonica.

Rodolfo: Ne ho piacere.

Eccoci.

Dunque, accensione.

Rodolfo: Aspetta, premi il pedale.

Posso aprire il parabrezza, la metà superiore? Non fa caldissimo, ma credo che ci siano settantotto gradi Fahrenheit.

Rodolfo: Sì, aprilo pure. Ti aiuto.

Ora premi il pedale, fino in fondo, e innestiamo la prima marcia.

Magari togli il freno!

Premi il pedale per accelerare. Premilo appena.

Stiamo sobbalzando di continuo.

Non ti offendere, ma tu non sai gestire il traffico caotico di Los Angeles, soprattutto dovendo guidare un'auto che conosci poco. E dobbiamo viaggiare parecchio prima di raggiungere la meta.

Va bene guida tu.

Posso stare davanti con te?

Rodolfo: E' insolito, ma mi piace.

Ero talmente concentrata che non ho pensato a quello che dicevi.

Hai detto Coco Chanel.

Rodolfo: Sì.

Non credo di reggere anche questa emozione.

Ti rendi conto Coco Chanel.

Rodolfo: Direi di sì.

Prenderemo anche l'intimo che mi piace.

Mi vuoi morta!

Posso dormire sulla tua spalla?

Rodolfo: Sì, ti chiamo io quando arriviamo. Spero non ci osservino troppo.

Dorme.

Sicuramente queste sono le emozioni più forti che abbia mai provato, capisco perché le sia venuto sonno.

Quanto la amo. Non voglio che conosca quanto profondi siano i miei sentimenti. Sono emozioni inspiegabili anche per me, che di emozioni me ne intendo.

Non vedo l'ora di poter passare tutta la vita con lei.

Qualunque difficoltà con lei diventerà una sfida, un modo di reinventarci.

Già assaporo tutti i momenti insieme.

Ti ho sentito.

Rodolfo: Imbrogli. Ero convinto che dormissi.

No.

Rodolfo: Non importa. Ora mi conosci nel profondo.

Non immagini quanto mi faccia piacere. Lo avevo sperato visto quello che hai fatto per stare con me, e quello che hai detto ai tuoi amici.

Rodolfo: Hai ragione.

Give me a kiss.

In strada?

Rodolfo: E' vero. Dopo.

Manca tanto?

Rodolfo: Sì, sono limitate le nostre vetture.

Non importa. Sono stupende.

Riflettevo sul fatto che non voglio comprare quei costumi castigati che mettono le donne.

Rodolfo: Allora niente bagno in mare.

Va bene, il meno castigato.

E l'intimo.

Rodolfo: Per quello, come ti accennavo, lascia fare a me. Sono un esperto.

Che faccia. Sei gelosa? Sai chi sono, mentirei che ti dicessi che sono stato un santo.

Lo so, ma non ricordarmelo.

Rodolfo: Diciamo che indosserai l'intimo che io riterrò possa starti bene.

Va bene.

Rodolfo: L'abito invece l'ho già in mente.

Va bene, ora dormo veramente.

Rodolfo: Buon sonnelino.

Grazie.

Rodolfo: Amore sveglia, siamo arrivati.

No! Stai imitando il cortometraggio dell'anno scorso, quando mi sveglio e mi accorgo che è tardi.

Questa sera la pagherai, ora entriamo.

Che cosa hai?

Sono terrorizzata, ho visto altre persone oggi, ma lei .....

Penso al fatto che è morta.

Rodolfo: E' qui l'errore, lei è viva. Tu non sei nata.

Vista da questa prospettiva, hai ragione.

Rodolfo: Non c'è nessuna prospettiva, è così!

Commessa: Ma lei è... Lei è Rodolfo Valentino.

Rodolfo: Sì. Le chiederei se potesse farci vedere alcuni capi per la signora in un salottino riparato.

Commessa: Certamente, capisco. Prego mi segua. Ecco.

Si accomodino. Vi mando subito Madame Florant.

Rodolfo, ma stava per svenire. Fai sempre questo effetto?

Rodolfo: Direi di sì, e tu ne sai qualcosa.

Stupido! Ops, scusami. Non volevo.

Rodolfo: Non è successo nulla. Contieniti però, soprattutto tra la gente.

Sì, scusa ancora.

Rodolfo: Madame Florant.

Sono venuto da lei perché mi hanno detto che ha gli ultimi modelli di Parigi. Vorremmo uno di Coco Chanel, se non le spiace e poi, sempre se non le spiace, accompagnerei la signora nel salotto di prova, perché non conosce la lingua.

Madame Florant: Come desidera.

Rodolfo: Vorrei farle indossare quell'abito che ho visto passando con la schiena scoperta.

Madame Florant: Ottima scelta. E' un abito che poche donne posso permetter-si. Lei ha veramente buon gusto. Eccolo.

Rodolfo: Prendi questo abito e ti prego, indossalo per me.

Devo fare qualcosa di particolare?

Rodolfo: No, solo contenerti nelle manifestazioni di gioia.

Va bene.

Rodolfo: Quanto tempo ti serve?

Sono quasi pronta, non capivo come si indossasse.

Rodolfo: Che figa!

Che cosa dici, non si usa il femminile di quel termine.

Rodolfo: Smettila di ridere.

Ho sbagliato, è una piccola cosa rispetto a ciò che combini tu. Sei riuscita a ro-vinare tutto.

Però, come sei sensuale ora. Sembri Louise Brooks, è un'attrice che ha debut-tato l'anno scorso. E' molto in gamba.

La conosco. Spero sia solo una conoscente per te.

Rodolfo: Sì.

Certo che se ti impegni, sei proprio incantevole.

Contenuto nelle espressioni.

Rodolfo: Possono ascoltarci, non credi?

Ma parli italiano.

Avvicinati, devo dirti una cosa all'orecchio.

Mi sento figa.

Rodolfo: Mi diverto troppo con te. Non ho nessuna intenzione di morire.

Ed io di lasciartelo fare.

Il vestito è verde, il mio colore preferito. Ha un profondo scollo nella parte posteriore, che a fatica cela la nudità, ma sinuosamente avvolge e pronuncia la forma. La parte anteriore è liscia, fatta eccezione per il collo, leggermente a barchetta, sul quale si riversa del tessuto quasi a formare uno scialle. Le braccia sono libere di volteggiare, e di mostrarsi nella loro grazia.

Manca solo un cappello per rendere completo questo outfit.

Rodolfo: Cosa ne dici se invece del solito cappello a cloche prendessimo questo con le piume?

Non credo stia bene.

Rodolfo: Io credo di sì. Provalo.

Sembri una diva.

Non riesco ad abituarmi ai tuoi complimenti, tu esageri. Grazie per quello che mi dici, ma io non mi vedo così.

Rodolfo: Va bene, mi contengo.

Lo preferisco.

Rodolfo: Sarà un piacere, quando sarà terminata la serata, toglierti quel vestito.

Ora chiediamo la lingerie.

Rodolfo: Madame?

Madame Florant: E' magnifica, gusto impeccabile signor Valentino. Le serve altro?

Rodolfo: Sì, della lingerie.

Madame Florant: Sempre da Parigi?

Rodolfo: Sì. Vorrei la più sensuale della sua collezione.

Avete un busto, come quello che si usava qualche anno fa?

Madame Florant: Devo vedere in magazzino. Le taglie però potrebbero essere un po' grandi, perché lo usano le signore non più giovani. C'è un colore che preferisce?

Rodolfo: Sicuramente il rosso. Aggiunga nero e bianco.

Madame Florant: Un attimo e sono da lei.

Rodolfo: Cambiati, a breve dovrai indossare l'intimo.

Va bene.

Madame Florant: Le ho preso anche delle mutande da abbinare. Ho trovato questo modello di busto in seta e pizzo, il reggicalze ha delle lavorazioni particolari.

All'interno sono inserite delle stecche di balena per sorreggere.

Questo modello è proposto con la chiusura in bottoni o a lacci. Le ho portato entrambi i modelli.

Della versione a bottoni esiste nei colori che lei desidera.

Madame Florant: Porto i modelli alla Signora, e poi vi lascio soli.

Rodolfo: Gentilissima.

Non riesco ad allacciare questa guêpière.

Rodolfo: Si chiama busto. Temo che non l'abbiano ancora inventata la guêpière.

Va bene, questo busto.

Rodolfo: Rosso con i lacci, diciamo che è invitante.

Non hai messo le mutande?

Mi rifiuto. Sono enormi. Ti devo dire una cosa all'orecchio. Non sarà educato, ma è importante.

Trattieniti, si vede cosa pensi. La prossima volta che facciamo shopping, non mettere calzoni così attillati.

Rodolfo: Capito. Prova le mutande. Dobbiamo comprarle, se poi non ti piaccio-
no, non le indosserai.

Va bene.

Rodolfo: Certo sono un po' diverse da quelle che indossi tu.

Ho letto che un tempo, solo le signore che lavoravano per strada le indossa-
vano.

Rodolfo: Quindi non devi indossarle.

Già.

Rodolfo: Sai qual è il bello dei nostri giorni?

No.

Rodolfo: Ci sono tanti posti dove appartarsi.

Mi piace quel termine. Allora, cosa stiamo aspettando?

Rodolfo: Prova tutto l'intimo, cercherò di pensare ad altro.

Prendiamo tutto.

Madame Florant: Desidera vedere altri modelli esclusivi, signor Valentino?

Rodolfo: Sì, guanti e borsa in tinta con l'abito, e una di quelle vestaglie traspa-
renti che vanno di moda ora nel mondo delle flapper.

Madame Florant: Certamente.

Rodolfo: Quella vestaglia è da urlo!

Mi scusi Madame Florant, non intendevo offenderla.

I suoi capi sono adeguati a tutte le situazioni, mi sentirò di consigliarli ai miei
conoscenti.

Madame Florant: Appena la Signora sarà pronta, le offriremo una tazza di te,
così potrà sbrigare le pratiche del confezionamento.

Rodolfo: Come desidera.

Ora devi seguire la commessa che ti offrirà del tè.

Non lo voglio.

Rodolfo: Non è un consiglio è un ordine, devo far mettere gli acquisti sul mio
conto.

Non avevo capito. Non conosco proprio nulla dei vostri usi.

30 giugno 1926 Ore 16:30

L'auto è piena di pacchi di ogni dimensione, c'è anche una cappelliera di colore rosa sul sedile posteriore. Il retro dell'auto è totalmente inaccessibile. Fare shopping nel 1926 non è per nulla differente dai nostri giorni. Bisogna riconoscere però che i tessuti sono molto più morbidi al tatto. Non c'è un capo che si possa ritenere migliore tra la ricercata selezione d'indumenti che sono stati acquistati.

La giornata non volge al termine, ma la stanchezza incomincia a farsi sentire per entrambi. La strada per il ritorno a casa è lunga. Forse per questa sera non faremo nulla. Sarà meglio rimandare tutto a domani.

1 luglio 1926 Ore 09:00

Rodolfo: Che cosa è stato questo grido?
Ma dov'è?
Ha dimenticato il registratore sul cuscino.
Mariella la cuoca: Signor Valentino, mi perdoni se la disturbo, la prego venga.
Rodolfo: Arrivo!
Mariella: C'è una donna in bagno svenuta e… non indossa nulla.
Rodolfo: Continua a svenire, ma questa volta ha anche vomitato. Vada a prendere dell'acqua, per favore. Appena rinviene, le diamo un "cachet".
Mariella: Vado subito.
Rodolfo: In realtà le darò un calmante, non ha ancora superato il passaggio al 1926.
Mariella: E' un'attrice?
Rodolfo: No.

Mariella: Ma è bellissima.

Rodolfo: Lo so. Sarà mia moglie appena potrò.

Mariella: Congratulazioni!

Rodolfo: Grazie, ora la porto in camera.

Mariella: Certo, le preparo la colazione?

Rodolfo: Sì, grazie. A dopo.

Rodolfo: Amore svegliati.

Ciao.

Rodolfo: Buongiorno amore.

Come va?

Non sono in grado di dirtelo.

Rodolfo: La prossima volta, quando decidi di alzarti, ti pregherei di comuni-carmelo, per cortesia. Forse dovresti anche indossare qualcosa.

Mi avevi detto che eravamo soli!

Rodolfo: Sì, ma ieri. Oggi come avrai potuto notare, no.

Sì, ho visto una signora uscire.

Rodolfo: Ora prendi questa pastiglia.

Altre vitamine?

Rodolfo: No, servono per rilassarsi.

Ok.

Rodolfo mi manca casa.

Mi manca la mia famiglia.

Mi manca tutto.

Loro penseranno che mi sia successo qualcosa!

Come faccio a tranquillizzarli?

Rodolfo: Lo scrivi nel libro! Dedicherai una lettera alla tua famiglia, comuni-cando che, anche se a loro sembrerà impossibile, sei nel 1926, godi di ottima salute, e senti terribilmente la loro mancanza.

E loro come faranno a leggerlo?

Rodolfo: Qualcuno che ti conosce, ad esempio Fiorella, che ricorda il titolo del libro, lo troverà su Internet o su di una bancarella.

Però, ti ricordi Internet.

Sì, ma come facciamo a pubblicarlo, è anche un po' audace per questi anni!

Rodolfo: Spargiamo la voce tra i corrieri dell'alcool che esiste un libro "audace" scritto in italiano, che si vende sottobanco. Vedrai, non solo avrà successo, ma come tutte le cose proibite, arriverà ai tuoi giorni.

Ricordo, siamo negli anni del proibizionismo. C'è Al Capone.

Rodolfo: Non vorrai conoscerlo?

No, assolutamente.

Rodolfo: Tra le altre cose, deve affrontare un processo di omicidio a Chicago. Non credo che riusciranno a incriminarlo.

Fidati tu ora, lo faranno per evasione fiscale.

Dovrò anche rendere chiari tutti quei termini che le persone del tuo oggi non possono conoscere. Non sarà facile farlo.

Dovrò usare uno pseudonimo, altrimenti risaliranno a noi?

Rodolfo: No, usa il tuo vero nome, saremo noi a cambiarlo.

Dopo il 23 agosto avremo il nome e una casa diversa.

Per fortuna. Allora non muori?

Non avrei potuto sopportarlo.

Rodolfo: Speriamo. Ho già organizzato tutto.

Stanno creando una mia figura di cera, che esporremo alla mia veglia funebre.

Diremo che è stata messa affinché non deturpino la salma.

Però!

Rodolfo: Devo solo sperare che i tuoi antibiotici funzionino.

A tal proposito, li dovrai avere sempre con te nella borsa, in modo che potrai consegnarmeli, quando serviranno.

Puoi starne sicuro.

Dove sono?

Rodolfo: In un piccolo beauty case che ho prelevato da casa tua.

Non lo sapevo.

Hai preso dei vestiti?

Rodolfo: Sì, ma tranne uno, il resto è nella nuova casa.

Dov'è?

Rodolfo: Non è lontana. Avremo del terreno da coltivare e degli animali, tra cui le galline. Che non mangeremo.

Sei diventato sensibile nei confronti degli animali. Sono contenta.

Ma dov'è?

Rodolfo: Non posso dirtelo, o meglio te lo sussurro, ma non lo scriverai nel libro.

Ho capito.

Io però non so nulla di agricoltura.

Rodolfo: L'esperto sono io. Sono stato un po' indisciplinato a scuola, ma l'argomento mi piaceva.

Agraria, vero?

Rodolfo: Sì. Presso la Scuola Pratica di Agricoltura "B. Marsano" di S.Ilario. Ho anche comprato un trattore, una trebbiatrice, insomma molti macchinari che ci serviranno. Sono tutti a motore, vedrai che risparmio di tempo.

Un giorno smetterai di stupirti, anche se un po' mi mancherà quello sguardo.

In che anno siamo?

1926.

Ho capito.

Come ci chiameremo?

Rodolfo: Abbiamo ancora qualche giorno per decidere i nomi che inseriranno nei documenti, anche se in realtà il mio è già in parte chiaro.

Cambierà qualcosa nel tuo aspetto?

Rodolfo: Sì, i capelli non saranno impomatati, ma al naturale.

Quindi saranno mossi?

Rodolfo: Molto mossi. Dovrò anche tagliarli.

No, ti prego.

Rodolfo: Per un po' dovrò farlo, mi spiace.

Posso chiederti un'altra cosa?

Rodolfo: Certo. Dimmi.

Quando mi darai delle spiegazioni?

Rodolfo: Dopo il 23 agosto. Pensi di riuscire a pazientare?

E' difficile, ma te lo prometto.

Rodolfo: Forza ora ti porto in camera, così potrai ricomporti e poi faremo colazione.

Sì, ho proprio fame.

Rodolfo: Ora ti riconosco.

Oggi passiamo la giornata a casa? Usciamo questa sera?

Rodolfo: Va bene. Ma dopo la colazione ci dedicheremo allo sport.

No, anche qui. Sei fissato. Quello tra le lenzuola non conta?

Rodolfo: No. Che cosa cambia, l'anno è ininfluente, bisogna mantenersi in forma.

Ti odio.

Per fortuna che qui non c'è la cyclette!

No, quello sguardo. C'è, ma avete proprio tutto!

Permettimi di dirtelo, sei stressante. Lo sei sempre stato, dal primo momento che ti ho conosciuto. Diciamo... Conosciuto, visto che non ti vedevo.

Va bene, prepariamoci.

1 luglio 1926 Ore 12:00

Sono sconvolta.

Mi ha distrutto tutto lo sport che abbiamo praticato.

Hai una resistenza incredibile.

Ridatemi la mia cyclette! Il mio unico attrezzo ginnico.

Ho fame.

Mi sembra di non mangiare da un mese. Forse ho esagerato, due giorni sono più che sufficienti per rappresentare la fame da lupi che ho.

Dopo mangiato però dormo.

Non reggo i tuoi ritmi.

Rodolfo: Sicura che dormi?

No, mi rifiuto. Diritto al voto! Poltriremo.

Non mi guardare in quel modo!

Forse non dormiremo.

Forse.

Non so.

Non ridere, ci penso.

Andiamo a mangiare.

Smettila, altrimenti tardiamo e si raffredda tutto.

Rodolfo: Sai quello che mi piace di te?

No, cosa?

Rodolfo: La tua fermezza d'idee.

Vai al diavolo Guglielmi.

1 luglio 1926 Ore 15:00

Rodolfo: Amore, mi spiace ma dobbiamo uscire.

Perché?

Rodolfo: Scarpe.

Guido io?

Rodolfo: Giù le mani dal mio gioiello.

A proposito di gioielli?

No, ho già al collo il registratore che assomiglia a un gioiello. Non mi servono.

148

Ho la spilla di tua madre, qualora volessi abbellire il mio vestito. Sei sempre gentile nei miei riguardi.

Rodolfo: Ti regalo i fiori?

No, recidere i fiori è un vero peccato.

Rodolfo: Va bene, cambiamoci e usciamo.

Domani, invece, ti porto a vedere la nuova casa.

Mi mancherà Falcon Lair. E' la prima cosa che ho visto nel 1926.

L'importante però è stare insieme, non importa il luogo.

Rodolfo: Devi decidere come ti chiamerai.

Non posso cambiare nome per rispetto delle mie sorelle, sarò Anna. In questo periodo, non è facile rintracciare le persone, quindi terrò il mio nome e cognome. E tu come ti chiamerai?

Rodolfo: Raffaello ….. Non scriverlo però.

Non male sarò la signora Guglielmi.

Rodolfo: Non dovevi!

Non penserai che qualcuno ci possa veramente scoprire!

Rodolfo: Perché ridi?

Ho pensato che sarebbero stati ridicoli i nostri cognomi sul citofono, e poi mi sono ricordata che non esiste ancora.

1 luglio 1926 Ore 20:30

Sono pronta per l'uscita trionfale.

Il vestito in raso verde mostra a pieno la mia schiena, e una piccola parte del "lato B". Indosso delle fantastiche scarpe in raso modello Mary Jane in raso in tinta con l'abito, decorate con ricami preziosi, che sono riproposti sul tacco alla cubana. I capelli sono raccolti sotto a un fashinator con una piccola veletta e piume bianche, indossato lateralmente. Termina la mise una mini pochette gioiello, ricca di ricami e perle, e dei guanti di rete finissima. Non ho una lunga collana di perle, come avrei dovuto.

Sotto l'abito, a sua insaputa, indosso solo il reggicalze per sorreggere delle meravigliose calze di seta che hanno una riga verticale disegnata lungo tutta la parte posteriore.

Nient'altro.

Sento le voci degli amici che Rodolfo ha invitato per accompagnarci in questa nostra prima uscita.

Sono in prossimità della porta che conduce al giardino.

Ho qualche difficoltà con l'abito lungo, ma cerco di non darlo a vedere.

Ecco ora mi dirigerò verso di lui, affinché possa presentarmi.

Buonasera Rodolfo, sono pronta per uscire.

Rodolfo: Anna, ti presento Mary e Joseph.

E' per me un vero piacere conoscervi, Rodolfo ha avuto grandi parole di ammirazione parlando dalla vostra amicizia.

Mary il suo vestito è veramente incantevole. Se Rodolfo fosse così cortese di tradurre, vorrei conoscere dove lo ha acquistato.

Sempre che riesca a chiudere la bocca, dove le mosche hanno fatto la loro dimora.

Rodolfo: Sono scioccato. Sei bugiarda io non ti ho mai parlato di loro. E poi cosa ti è preso, parli realmente come se fossi qui da sempre.

Ovvio Rodolfo, e mi sto anche divertendo. Per cortesia tradurresti fatta eccezione dell'ultima parte.

Rodolfo: Ringrazia che non posso disdire tutto, ma quando vedrai dove andremo, sarai tu a rimanere con la bocca aperta.

Tradotto.

Rodolfo: No, non chiedermelo Joseph, non è un'attrice. Appena potrò, sarà mia moglie.

Rodolfo: Si stanno congratulando.

Per cosa?

Rodolfo: Perché a breve ci sposeremo.

Che cosa dici?

Ma non era per finta?

Hai inarcato il sopracciglio, non è per finta.

Tesoro, finirà la serata e subirai la stessa sorte del ladro di borse.

Rodolfo: Andiamo!

1 luglio 1926 Ore 21:30

Io sono calma. Devo riuscire a rilassarmi.

Mio Dio, non riesco a controllarmi. Quello è il "Cotton Club".

Rodolfo: Chiudi la bocca o entreranno le mosche!

Sto per comportarmi come faccio di solito, trattienimi.

Rodolfo: Eccoci. Mi permette di aiutarla a scendere?

Molto cortese.

Rodolfo: Che tono sostenuto.

Sono entrata nella parte.

Non mi sembra possibile.

Sono al "Cotton Club" di Los Angeles nel 1926. Non è quello di New York, ma forse è meglio, visto chi lo frequenta.

Charleston, Blues e divertimento allo stato puro! Scusa.

Rodolfo: Dovrai avere un insegnante d'inglese, ti servirà più avanti. Non posso tradurre sempre tutto, non è a modo.

Sì, hai ragione.

Un uomo non troppo vecchio.

Rodolfo: Chi ha detto che sarà un uomo?

Geloso? Hai detto insegnante!

Rodolfo: Appunto.

Non è possibile descrivere l'insieme di emozioni che pervadono la mente, allegria, voglia di vivere, di scatenarsi.

E' un locale elegantissimo, raffinato. Su ogni tavolo ci sono delle candele, inserite in bocce di cristallo. I tavoli sono rotondi, ricoperti da tovaglie di seta celeste. Sono disposti tutti a ferro di cavallo, per lasciare spazio a una pista dove è possibile danzare o ammirare le esibizioni dei cantanti e dei ballerini.

Che spettacolo!

Rodolfo: Ma non è ancora iniziato!

E' un modo di dire.

Rodolfo: Sino a qualche mese fa si chiamava "The Green Mill", l'avevano costruito nel 1923.

C'è anche un'orchestra esclusiva.

Dimenticavo, se facciamo tardi, ci offrono la colazione.

Si può bere anche altro, se sai muovere le corde giuste.

Rodolfo la polizia potrebbe arrestarci, e poi io sono astemia.

Rodolfo: Vero. Sei una noia, non bevi, non fumi, non mangi carne, ma quali sono per te i piaceri della vita?

Quando andiamo a casa tua, e te lo spiego.

1 luglio 1926 Ore 23:50

Sono sconvolta. Il Charleston uccide più dell'alcool. Non lo ballo benissimo, ma me la cavo. Questo vestito però non è indicato per questo ballo. Per tutta la sera ho dovuto tenere, nella mano destra, gran parte dell'abito.

Ora stanno suonando un tango. Come mi piacerebbe saperlo ballare.

Rodolfo: Domani s'inizierà la lezione di tango! Del resto non è partito tutto così, con un tuo desiderio di ballare con me?

Per l'esattezza quella era la seconda cosa, la prima l'abbiamo esaudita ampiamente.

Rodolfo: Vero.

Domani, cioè oggi, dopo che ci saremo riposati, andremo a visitare la nostra nuova casa. E' bellissima, ti piacerà, ne sono sicuro.

Posso ballare con Mary?

Solo perché voglio vederti ballare il tango. Sarà come nei "Quattro cavalieri dell'apocalisse"?

Rodolfo: Abbastanza.

Lo avevo visto nel film selezionando la velocità corretta dei fotogrammi, perché quando si guardano su Internet, tutti i filmati del cinema muto sembrano accelerati.

E' pazzesco ammirarlo al computer mentre balla il tango, ma dal vivo è sconvolgente.

E' un mito! Non alludevo all'aspetto cinematografico, ma alla capacità di infondere sensualità in ogni sua movenza. Mai visto nulla di tanto piacevole. Dovrà ripetere per me alcuni passi, che sicuramente possono essere eseguiti anche senza la dama. Ma dove sono i difetti? Quest'uomo è un alieno. Chiaramente è pieno il mondo di uomini così, ma io non ne ho incontrati. Non posso nemmeno dire che non rassetti, perché è maniaco dell'ordine. Arriva, e ora cosa gli dico?

Rodolfo: Come sono andato?

Quanto tempo manca per andare a casa?

Rodolfo: Desumo di essere andato bene. Mi sembra di percepire un certo interesse nei miei confronti.

Tas! Come direbbero a Milano. Taci insomma.

Fantastico, nuovamente il Charleston. Ecco come distrarsi, e ora mi serve proprio.

E' una tortura per le mie ossa. Non funziona più nulla nel mio corpo, non vedo l'ora di catapultarmi nel letto. Forse la definizione tortura è un po' azzardata, ma per me è la più calzante.

Rodolfo: Offrono la colazione, la vuoi?

Sì, mangerei di tutto. Belli quei croissant, ne voglio due e poi un bicchiere di latte con pochissimo caffè. Non ti offendere, ma da voi il caffè è molto diverso dal nostro.

Rodolfo: Come darti torto.

Ho fame anch'io, prendiamo tutto doppio.

Anche i tuoi amici hanno fame! Digli che è stato un vero piacere conoscerli, e che la prossima volta, quando ci incontreremo, sarò in grado di comunicare con loro.

Grazie infinite.

Poi andiamo?

Rodolfo: Certo, sono stanco anch'io, e vorrei evitare di comparire con le borse sotto gli occhi nelle fotografie.

Quando?

Rodolfo: Potrebbe succedere anche domani.

Prendiamo un taxi, però prima, salutiamo Mary e Joseph.

Anna ed io vi auguriamo una buona notte. Spero che ci rivedremo presto. Salutatemi Mea Murray e David Mdivani, so che avrete modo di incontrarli nei prossimi giorni.

Non sono più riuscito a vederli dal loro matrimonio che si è svolto quindi giorni fa. Ancora buona notte e non tardate troppo. Abbracciate la piccola anche da parte mia.

Mary: Certamente. Peccato che non possiamo conversare con Anna, però dille che ha un sorriso incantevole. Buona notte anche a voi.

Rodolfo: Corri assonnata del 2015, o non prenderemo quel taxi!

Fai il verso anche tu?

No, hai inarcato il sopracciglio.

Rodolfo: Ferma ti prego, le mie fan mi vogliono intero! Devo andare alla "prima" del mio film.

Sali, o lo prenderà qualcun altro il taxi.

2 luglio 1926 Ore 12:00

Non svegliarmi, sono in coma.

Rodolfo: Alzati è tardi, abbiamo impegni oggi, ed è già pronto in tavola.

Lasciami stare, non m'importa.

Rodolfo: Sai chi c'è vicino a te? Rodolfo Valentino nudo. Può essere di tuo interesse?

Ops, si è aperto un occhio. Che cosa fai? Sono aperti entrambi. Interessa l'articolo? Giù le mani! Non toccare, dobbiamo pranz……..

2 luglio 1926 Ore 13:00

Sarà tutto freddo. Andiamo?

Rodolfo: Vivere! Voglio ogni giorno vivere con questa intensità.

Oggi mi porti a vedere la nuova casa come da programma?

Un giorno lo passeremo senza fare nulla?

Rodolfo: La risposta è sì, a entrambe le domande.

Perfetto! Fame, fame.

Per la linea questi Anni Ruggenti sono perfetti. Ho solo un po' di pancia.

Siamo in viaggio sulla mitica Isotta Fraschini, costeggiamo Santa Monica, ma non posso dire la nostra destinazione. Rodolfo dice che qualcuno potrebbe credere che quanto scrivo sia vero, anche se in passato credeva il contrario, e che alla fine lo ritroveremmo alla nostra porta. Il fatto che arrivino giovani donne carine, in effetti, m'infastidisce non poco. Anche se negli ultimi tempi, non so per quale motivo, sembra che il mio corpo stia invertendo la rotta di marcia. Mi sento molto più giovane. Forse è solo una mia impressione, o forse sono gli abiti che indosso. Saranno le vitamine, come avevo già pensato. Non importa perché, ma mi sento in forma.

La strada è lunga e si sta facendo sera, ma siamo quasi arrivati. Ed ecco il mio "Cicerone", con il suo approfondito modo di narrare, lanciarsi andare nella descrizione della casa.

Rodolfo: Eccola! Maestosa non trovi?

Sì!

Rodolfo: E' stata progettata da un mio amico di Richland Center nel Wisconsin, in tempi record.

Si chiama Frank Lloyd Wright, lo conosci?

Ma è un famosissimo architetto, come posso non conoscerlo .

Rodolfo: Sapevo che ti piaceva quel tipo di casa, e lui me l'ha realizzata. Per la verità volevo delle grandi vetrate, come quelle che inserisce Louis Sullivan, ma lui ama quelle d'arte e non sono riuscito a fargli cambiare idea. Mi spiace, so che le preferisci, ma non mi è stato proprio possibile. Devo informarti che è stata totalmente ispirata alla Robie House di Chicago. E' una costruzione che ha progettato lui, completata, non ricordo esattamente, tra il 1908 e il 1910.

La descrivo io?

Rodolfo: Prego!

L'esterno è imponente. E' disposta su più livelli. Osservandola attentamente sembra che compia dei movimenti sul terreno. I mattoni della casa sono a vista, e lo sono anche sui muretti che circondano la casa.

Altri elementi che caratterizzano sono i balconi e le numerose finestre, che con la loro disposizione permettono all'esterno di entrare a far parte dell'abitazione.

Il giardino è curatissimo e, come a Falcon Lair, gli alberi sono di provenienza italiana. Quanto lavoro per un giardiniere!

Alle spalle della casa si intravede una distesa di campi.

Terreni adibiti non so a quale coltivazione: dovrò approfondire.

Ritornando alla casa, non c'è un cancello, ma solo un ingresso alla dimora. Il portone è in ferro battuto, forgiato a mano, lo stile richiama molto quello "liberty", ed è ripreso anche in molte delle vetrate.

Una cordicella ci permette di avvisare del nostro arrivo. Ha uno strano suono il campanello.

Il personale ha mai detto che assomigli a Rodolfo Valentino?

Rodolfo: No, i capelli mossi e la barba nascondono bene la mia vera identità.

Dimenticavo di dirti che mi dovrai chiamare Raffaello.

Il tuo terzo nome!

Rodolfo: Sì. Come sempre ti pregherei di non mostrare troppo le tue emozioni.

La casa ti piacerà, e poiché non saremo soli, la servitù potrebbe stupirsi delle tue eccessive nelle manifestazioni di gioia.

Sarà fatto!

Rodolfo: Amelia, le presento mia moglie Anna.

Almeno la presentazione sono riuscita a superarla. Per fortuna che non è una ragazzina, ma una signora attempata.

Rodolfo: Ho pensato a tutto.

Vedo.

Rodolfo: Anche il giardiniere non è giovanotto.

Capisco.

Gli interni sono minimalisti, come piacciono a me, mentre le sedie e le lampade sono sempre in stile liberty.

2 luglio 1926 Ore 23:00

Cucina bene Amelia.

Rodolfo: Sì, ha imparato da sua madre Denise. Non te lo avevo accennato, ma parla un po' la nostra lingua. Sua madre era italiana e le ha insegnato la cucina tipica.

Ora si spiega tutto.

Rodolfo: Ho assunto del personale italiano per non farti sentire la nostalgia di casa.

Vieni amore, guarda le stelle e lascia che ti stringa forte. Vorrei che questo momento non finisse mai.

Vedrai che quando torneremo da New York resteremo sempre insieme.

Rodolfo: Fiduciosa come sempre.

Vivo l'impossibile e quindi penso che tutto si possa realizzare. Ti amo.

Rodolfo: Quella è la costellazione dell'Orsa Maggiore.

Mai quante cose sai?

Rodolfo: Perdonami, volevo fingermi esperto sull'argomento ma non riesco a mentirti.

La cultura ha sempre fatto presa su di me. Io adoro le persone colte. Mi piace apprendere e quindi per me, chi è colto, è un passo avanti rispetto agli altri. Un po' come "altezza mezza bellezza". Conosci, no?

Rodolfo: Sì, anche se secondo i vostri canoni non sono molto alto, mentre ora mi si nota.

Comunque ho già una grande opinione di te, quindi non serve che tu faccia altro.

Stringimi più forte. Voglio osservare le stelle in silenzio per imprimere nella mia mente questo momento. Io non ho una grande memoria, ma questo spero di non dimenticarlo mai.

Ci sono i grilli!

Non svegliatemi, è il sogno più bello che si possa fare.

Rodolfo: Rientriamo, c'è un venticello un po' fresco. Mi segui?

Eccomi, dammi la mano.

Domani potrò vedere quelle distese di campi?

Rodolfo: Sì, Giovanni ti farà vedere tutto e ti spiegherà cosa intendiamo fare.

Perfetto. Ora andiamo a dormire.

Rodolfo: Andiamo.

Grazie di tutto. La casa è stupenda. Rispecchia il mio carattere. Sembra che l'abbia arredata io! Non so come tu abbia fatto a conoscermi così a fondo, ma devo dire che mi leggi nell'anima.

Questa è la stanza da letto?

Rodolfo: Sì. Mi sono permesso di mettere una dormeuse, anche se la stanza non è grande, perché voglio poterti osservare a distanza mentre dormi.

10 dollari è il costo del biglietto.

Rodolfo: Accidenti, sai quante cose compri con 10 dollari?

E' vero siamo nel '20, lo dimentico sempre. Allora un dollaro, perché comunque sono cara.

Rodolfo: Va bene, ci sto! Comprerò un salvadanaio e inserirò la banconota.

Vieni, voglio coccolarti.

Sento il battito del suo cuore, la mia testa è china sul suo petto. I muscoli sembrano delle colline su cui il viso può scivolare. La pelle è morbida, ma a volte si crea una sensazione di solletico quando i suoi peli incontrano... Mi prude il naso!

Passare la mano sul suo petto è rassicurante, infonde una sensazione di casa.

Che è lontana, lontana nel futuro.

In realtà casa è dove sei pervaso dalla serenità.

Questa ora è la mia.

Credo che lui provi le stesse emozioni, perché nell'aria si percepisce un sentimento di una profondità tale, da potersi quasi sfiorare.

Caldo, immenso, profondo, avvolgente: è amore, un grande amore.

Le sue labbra scendono sul mio collo, sento un morbido tepore sfiorare la mia pelle. Mentre timidamente si avventurano sulla mia spalla, sento il calore del suo respiro riscaldare le mie emozioni.

Dalla mia bocca escono piccoli gemiti, incontrollati, carichi di passione.

Ogni parte del mio corpo è partecipe, tutto il mio essere sembra voler entrare a far parte di questa danza.

Le manifestazioni del mio desiderio oramai sono evidenti.

A domani.

3 luglio 1926 Ore 10:00

Rodolfo: Ora visiterai la tenuta con Giovanni. Mi daresti per cortesia il registratore?

Perché? Non posso ricordarmi quello che mi spiegherà.

Rodolfo: Non serve che tu lo scriva nel libro.

Va bene.

Ecco il trattore di cui mi parlavi!

Rodolfo: Sì, ci sono molte altre attrezzature.

Rodolfo: Giovanni, potresti fare il giro di cui abbiamo parlato con Anna. Parlale anche di tutti i macchinari, lei è molto esperta di questi oggetti moderni.

Giovanni: Certo, farò vedere anche la semina e tutto il raccolto.

Rodolfo: Grazie, ci vediamo dopo.

Giovanni: Signora Guglielmi le spiego cosa intendiamo fare…..

Rodolfo: Dovevo restare solo per lasciarle un mio ricordo.

Ciao Amore, ti sto osservando tra i campi. Sei curiosa come sempre. Non so se riuscirò a ritornare da New York, per questo ho deciso di lasciarti questo messaggio.

Questi ultimi giorni sono stati i più belli di tutta la mia vita. Non avevo mai provato sensazioni così intense. Il cuore mi pulsa nelle tempie, sembra che tutto debba esplodere in me a causa delle emozioni travolgenti.

Tu hai riempito la mia vita. Hai fatto fiorire il mio giardino, ovunque mi giri vedo colori, sento profumi.

Vorrei che durasse per sempre.

Amore, questo è uno di quei momenti in cui mi chiedo se merito tanta felicità.

Poi ti guardo e penso che tu sia il mio destino.

Ti terrò stretta a me per tutto il tempo che manca al 23 agosto, e poi tornerò da te perché, come hai detto tu, non potrebbe essere altrimenti. Amore aspettami. Tornerò.

Ciao Rodolfo, scusami ciao Raffaello, ho scoperto che tutti sanno che sono la signora Guglielmi. Perché hai tenuto il cognome?

Rodolfo: Ho pensato che, se qualcuno avesse accennato alla somiglianza, avrei detto che sono parente di Rodolfo Valentino. Scusami se ho atteso un po' a dirtelo.

Astuto.

Rodolfo: Oggi andremo in banca perché devi registrare la tua firma, e diventare cointestataria del conto. Potrai eseguire ogni tipo di operazione finché non sarò tornato. Avrai parecchi soldi sul conto e ricordati che nessuno potrà vantare crediti, perché questa casa è totalmente pagata. Troverai nella cassaforte tutte le ricevute che attestano i versamenti.

Come sei serio.

Rodolfo: Questa mattina lo dovrai essere anche tu. Ma fra tre giorni torneremo a Los Angeles e organizzeremo la festa. Ci rilasseremo senza pensare più a nulla.

Quando andiamo al mare?

Rodolfo: Il giorno dopo la festa, quando rassetteranno la casa.

Organizziamo un picnic, non lo faccio da quando ero ragazza. Andavamo all'Idroscalo, un lago artificiale poco fuori Milano, e mangiavamo i panini. Era divertente, venivano anche i miei zii con mia cugina Annamaria.

Samantha, la figlia di mia cugina, fa parapendio e ha solo nove anni. Lo ricordavi?

Rodolfo: Sì, me lo hai mostrato sul computer.

Hai ragione, perdo colpi.

Forza è tempo di commissioni. Non ne ho molta voglia, ma in questo modo scoprirò come si svolgono le operazioni bancarie oggi.

9 luglio 1926 ore 10:00

Che giornate indimenticabili abbiamo trascorso nella nuova casa. Mi ha raccontato quali saranno i miei compiti a New York. Conoscerò il suo assistente, da cui si è allontanato in questo periodo, per restare da solo con me.

Ora stiamo tornando a casa perché oggi pomeriggio ci sarà la prima del suo film "Son of Sheik".

Peccato che non possa andare, mi sarebbe piaciuto parteciparvi.

Rodolfo: Chi l'ha detto che non verrai?

Pensavo non volessi che ci vedessero insieme.

Rodolfo: Hai un posto prenotato dove io potrò osservarti. Non puoi immaginare quanto siano accelerati i miei battiti al solo pensiero che tu possa vedermi recitare. Qui, ora, nel 1926.

Grazie mille per tutto.

Rodolfo: Indossa per cortesia l'abito che portavi con i miei amici quando siamo andati al Cotton Club.

Con piacere.

Rodolfo: Arrivati a casa dovremo affrettarci, perché il mio arrivo è previsto verso le 14:00.

Quindi oggi non ci manterremo in forma?

Rodolfo: Al ritorno. Mi raccomando come l'altra volta. Non indossare nulla sotto l'abito. Non eravamo riusciti ad approfondire l'argomento perché eravamo sconvolti, ma questa volta non voglio perdermi nemmeno un secondo di quando lo toglierai.

Yes, my chief.

Arrivati.

Quando andiamo a cavallo?

Rodolfo: Presto.

Kabar sono tornato! Quanto mi mancherai, corri! Amore vieni in giardino a giocare con noi.

Non posso sono allergica, lo sai.

Rodolfo: Muoviti, non è più così.

E tu come lo sai?

Rodolfo: Taci e vieni.

Non so se mi dia più fastidio tutto quest'alone di mistero, o il fare maschilista che usi.

Tregua siete in due, non vale.

Fermo Kabar, non mi leccare la faccia.

Aiutami sono caduta e Kabar mi lecca tutta.

Rodolfo: Me l'hai servita su di un piatto d'argento.

Non dire nulla altrimenti la frase sarà registrata.

Rodolfo: Non serve si è capito.

Che cosa fai mettimi giù. Faremo tardi.

Rodolfo: Come direste nel 2015?

Trovato! Chi se ne frega.

Corri è tardissimo.

Come sto?

Rodolfo: Benissimo.

Rodolfo, ma ti sei svuotato la boccetta di profumo addosso?

Rodolfo: Scusami ma oggi devo essere "Rodolfo Valentino", e lui usa diversi ti-pi di profumo.

A cosa serve?

Rodolfo: Non so spiegarlo, è sempre stato un modo per accrescere la mia sicu-rezza, per sentirmi meglio.

Tu non ne hai bisogno.

Rodolfo: Ora lo so.

Andiamo ci attende l'autista.

Non mi ero mai resa conto di chi fosse veramente, nonostante gli inseguimen-ti. All'ingresso c'erano fotografi ovunque. Le donne sembravano impazzite nel vederlo. Durante tutta la proiezione, le signore accanto a me hanno ansimato. E' incredibile vedere il film proiettato su di uno schermo. Io lo avevo visto solo su YouTube. In effetti, hanno ragione a emozionarsi, è affascinante ed è l'uomo più provocante che abbia mai conosciuto. Sembra proprio uno sceicco avventuroso mentre cavalca.

Accidenti sussulto anch'io!

Non sapevo che qualcuno leggesse i testi che appaiono durante la proiezione, è stata una vera sorpresa per me.

E' il termine della proiezione e devo andare sul fondo della sala, perché quan-do lui apparirà, penso che gli animi si scateneranno.

Eccolo.

Rodolfo: Grazie per l'affetto che mi dimostrate sempre. E' stato un onore per me interpretare con Vilma questo film. Lei è una compagna di lavoro meravi-

gliosa, con la quale avevo già lavorato in "The Eagle".

Rivolgo anche un particolare ringraziamento a tutti coloro che ci hanno accompagnato in questa stupenda avventura.

Il mio cuore si emoziona pensando a tutte le donne che credono in me e alle quali mando un affettuoso bacio.

Ma soprattutto grazie alla mia musa, che mi ha ispirato durante tutte le riprese. Colei che mi accompagna in questo periodo felice della mia vita, e della quale non posso fare più a meno. Amore ti amo.

Sono riuscita a tradurre ogni parola, evidentemente voleva che io capissi.

Pazzesco, se mai avessi avuto dei dubbi ora si sono completamente dissipati.

C'è mormorio tra il pubblico. Per fortuna in questo caso non comprendo nulla.

Penseranno che si rivolga a Pola Negri. Cosa m'importa. Credo di non essermi mai sentita così lusingata.

Rodolfo Valentino mi ama!

Devo scoprire come tornare da lui.

9 luglio 1926 ore 22:00

La sala è vuota. Che cosa faccio?

Sconosciuto: Anna Piccolini?

Sì.

Sconosciuto: Mr Valentino is waiting.

Alla fine troverò il coraggio di dire qualche frase in inglese, anche perché per alcuni giorni rimarrò sola e dovrò destreggiarmi con le persone.

Rodolfo: Scusami amore, ma devo andare a mangiare con la troupe per festeggiare. Ti accompagnerà quel signore a casa. Ti chiedo solo una cortesia, attendimi a letto vestita.

Va bene. Dormirò, ma sarò vestita.

Che trambusto in casa, stanno organizzando gli ultimi preparativi per la festa di domani.

Anche se sospetto di conoscere il nome degli invitati, non chiederò conferma perché vorrei stupirmi domani sera.

Mi presenterà come una parente che arriva dall'Italia.

Oramai siamo in possesso dei nuovi documenti, e quindi sono ufficialmente nata il 28 maggio del 1895. E' divertente, mi sembra di rinascere. E' tutto un gioco, spero solo di non ricordare mai quello che ho lasciato nel 2015.

Per ora procede tutto bene. Ogni giorno è elettrizzante e porta con sé sempre intriganti novità. Come potrei rattristarmi, non è proprio possibile!

Rodolfo: Vieni, dobbiamo comprare due vestiti.

Di sabato pomeriggio?

Rodolfo: Sì, ci attendono. Ho telefonato e apriranno il negozio per noi. A qualcosa serve essere Rodolfo Valentino!

Sempre da Madame Florant?

Rodolfo: Sì, gli abiti dovrai solo provarli. Le ho dato le indicazioni durante la telefonata, quindi non sarò presente alle prove. Voglio che sia una sorpresa anche per me.

Rodolfo, sono bellissimi. Quale indosserò domani: quello rosso o quello bianco?

Rosso.

Dove andiamo ora? Che strano posto.

Rodolfo: Credo ti manchi qualcosa al dito.

Cosa? No, l'oro costa troppo. Hai già speso troppo per me. Ti ringrazio, ma non posso accettare.

Rodolfo: Vieni con me in questo ufficio e ti spiego tutto.

Sembra un incrocio tra una cappella e un ufficio anagrafe.

Dove siamo?

Perché ti inginocchi?

Rodolfo: Siamo in una Marriage License Bureau. Mi vuoi sposare?

E me lo chiedi? Sì.

Rodolfo: Metti il vestito bianco che abbiamo comprato e raccogli i capelli con queste forcine.

Il vestito segue la forma del corpo ed è interamente in pizzo. Lo scollo è tondo e non lascia intravedere nulla. E' lungo, non rispecchia la moda del momento, che prevede una lunghezza di poco sotto il ginocchio. Sul capo ho una corona simile a quella che cingeva il capo della zarina nel decennio scorso. Assomiglia a quella che indossava Vilma Banky nel film "The Eagle".

Sono pronta, e non so se sono più eccitata per quello che accadrà, o per la voglia che lui mi veda con quello che indosso. Devo riprendermi.

In fondo non capita tutti i giorni di sposare Rodolfo Valentino.

Direi proprio di no.

Dimenticavo, Raffaello.

Rodolfo: Mio Dio!

Piangi? Smettila o annegheremo.

Rodolfo: Sdrammatizzi?

Sì, sono troppo agitata. Non capisco più nulla.

Mi sento confusa...

Ma dove sono? Che cosa sto facendo?

Rodolfo, voglio andare via.

Rodolfo: Sei sicura? Guardiamoci solo un secondo riflessi in quello specchio.

Non siamo bellissimi?

Sì. Sì, lo siamo e io ti amo. Voglio stare con te.

Forza andiamo, ci stanno aspettando.

Rodolfo: Sei sicura?

Ora sì. Troppe emozioni in un periodo così breve hanno messo a dura prova anche una persona bizzarra come me. Ti prego però, dopo la festa, ho bisogno di tempo per riprendermi. Altrimenti non arriverò alla fine di questo mese.

Rodolfo: Anche per me sono troppe e il destino ne ha in serbo altre. Ma non cambierei nulla perché voglio assaporare ogni istante con te.

Forza pigrone dobbiamo sposarci, sbrigati!

Rodolfo: Sei fantastica.

...

Rodolfo: Certo che lo voglio.

10 luglio 1926 ore 17:17

Sono la signora Valentino, o meglio la signora Guglielmi!

Dov'è il ricevimento?

Rodolfo: Domani a casa nostra.

Che "figata" sentire nostra. Ops, scusa. Che bello utilizzare l'aggettivo possessivo "nostra".

Andiamo a mangiare da Frank per festeggiare?

Rodolfo: Sì, ma cambia l'abito.

Che sciocca! Sono talmente emozionata che mi ero dimenticata.

Che giornata indimenticabile il 10 luglio 1926.

Perché abbassi gli occhi?

Rodolfo: Mi stavi fissando.

E quindi?

Rodolfo: Non so.

Stai abbassando nuovamente lo sguardo. Rodolfo, ma sei imbarazzato. Mi sembra impossibile che Rodolfo Valentino si vergogni.

Rodolfo: Sì lo sono, ma non scriverlo nel libro.

Questa sera vorrei stare da solo con te, non vorrei vedere nessuno. Vorrei rassicurarti dicendoti che ogni cosa andrà bene. Devo proteggerti da tutto. In fondo tu non appartieni a questa epoca, senza di me saresti persa.

Aspetta torno subito.

Gira quel cartello.

Non posso credere che tu abbia scritto:

You are my world

Sei pazzesco!

Sei dolcissimo, mangiamo e poi andiamo a casa.

Prestami il cartello.

Rodolfo: Fammi vedere cosa hai scritto tu.

I will Always Love You

10 luglio 1926 ore 22:30

Anche le stelle di Los Angeles sono bellissime, e come potrebbero non esserlo in una giornata speciale come questa.

Sembrano tante lucine scoppiettanti.

Sono contenta. Sono profondamente felice.

Ho le stesse sensazioni di Rodolfo, mi sembra di avere trascorso una vita in pochi giorni. E non è finita!

Peccato che domani, durante la festa, non possa dire chi sono. Che cosa importa, lo sappiamo noi due.

Che triste sarebbe se fosse solo un libro.

Ora risalgo le scale del giardino, e vado da lui.

11 luglio 1926 ore 19:00

Sono pronta. Questa volta sverrà quando mi vede.

Non ho mai indossato un abito così sensuale, mi sta d'incanto. Sembro quasi un'attrice.

Stanno arrivando i primi ospiti, devo sbrigarmi.

M'infastidisce solo che ci sarà Pola Negri. Lo so è assurdo, ma sono gelosa, infondo lei crede che sarà la terza signora Valentino!

Devo mostrarmi sicura di me, e attirare l'attenzione degli uomini, affinché lui abbia sguardi solo per me. Sto salendo le scale e sono agitatissima. Mi sento come una scolaretta il giorno degli esami. Mi gira la testa. Devo concentrarmi, non posso svenire proprio ora.

Rodolfo: Mi devo controllare. Niente mosche questa volta, siamo parenti.

Perché non è vero?

Rodolfo: Sì, ma non in quel senso. Non confondermi. Ti devo presentare.

Che cosa devi fare?

Astenermi da manifestazioni eccessive, lo so.

Rodolfo: Brava, andiamo.

Ma quello è Chaplin?

Rodolfo: Cosa mi hai promesso?

Sì, certo.

Rodolfo: Per fortuna non capisci quello che dice.

E quindi…?

Rodolfo: Mi ha chiesto in quale film hai recitato, lasciando scivolare tra questa domanda una seconda di suo grande interesse.

Quale?

Rodolfo: Se fossi libera.

Wow, dovrò dargli il mio cellulare.

Rodolfo: Sciocca.

Vieni con me, ti presento Pola Negri e vediamo se scherzi ancora.

Perché non dovrei scherzare, pensi che sia gelosa?

Rodolfo: Lo spero.

Questo non lo saprai mai. Noi donne dobbiamo lasciare un velo di mistero.

Rodolfo: Peccato, mi sarebbe piaciuto.

Se pensi di scoprirlo impietosendomi, non hai capito nulla.

Caspita, ovunque mi volti vedo belle donne. Mary Pickford, Vilma Banky, Mea Murray... per fortuna c'è il suo compagno Douglas Fairbanks e ultimo, non certo per importanza, Buster Keaton.

Questa festa pensavo sarebbe stata più divertente, invece è una noia mortale.

Non capisco nulla di quello che dicono gli ospiti e Rodolfo non mi rivolge la parola, per fortuna riesco a conversare con Chaplin.

Chaplin: Scusami Rodolfo, ho passato tutta la sera con tua cugina, che tra le altre cose parla inglese, certo non bene, ma... Ritornando a noi, dopo che le ho offerto il vino con le pesche mi sono accorto che non lo tollera. Pensa che prima mi ha detto che siete sposati, e che tu ti chiami Raffaello.

Rodolfo: E' astemia e il suo fidanzato si chiama Raffaello, ecco perché ti ha citato quel nome. Ora la conduco a letto. Grazie infinite per avermelo riferito.

Chaplin: E' stato un piacere. Mi piacerebbe rivederla, ma senza che l'alcool le annebbi la mente. Pensi sia possibile?

Rodolfo: Sarà mia cura chiederglielo domani.

Chaplin: Te ne sarei grato.

Rodolfo: Come va?

Bene, perché?

Rodolfo: Hai bevuto qualcosa?

Sì, Charlie mi ha offerto il vino con le pesche e non sapevo come rifiutare. L'ho assaggiato per non offenderlo. E poi ho visto te con Pola Negri. Per tutta la sera ti si è avvinghiata al tuo braccio e mi sono sentita sola, non desiderata. Senza rendermi conto i bicchieri sono diventati tre. Perché hai permesso che ti toccasse?

Rodolfo: Tutti sanno che c'è una storia tra di noi, non potevo esimermi da questa esibizione.

Potevi non coinvolgere me in questa ridicola farsa.

Questa doveva essere la nostra festa, invece è stata solo la mia, dove io sono stata lo zimbello.

Rodolfo: Volevo dirtelo, ma tu sai come innervosirmi.

Guglielmi, vai al diavolo! E ora, anche se sono sbronza, me ne vado a dormire in un'altra stanza. Ti pregherei di non disturbarmi, anzi puoi dormire con la tua amica. Se devi recitare fallo sino in fondo.

12 luglio 1926 ore 1:30

Mi ha preso alla lettera, è sparito. Spero solo che non abbia sfoderato le sue arti amatoriali. Quale sarà il mio destino. Non posso tornare a casa e mi sento sola, ma soprattutto ferita e non amata. Un giorno sei all'apice e il giorno dopo...

Sto per piangere.

Sono ancora vestita, quindi posso andare in giardino a riflettere. Spero non ci sia nessuno.

Domani me ne vado. Prendo i vestiti da flapper che mi ha regalato e parto. Mi approprio della valigia che ha riposto in quest'armadio, recupero gli abiti dall'altra stanza e poi esco.

Fortunatamente la nostra stanza da letto è vuota. Non avrei sopportato di trovarlo a letto con un'altra donna. Non posso distrarmi. Sono qui per prendere i vestiti e svolgerò il mio compito.

Scarpe, borse dovrei avere preso tutto.

La valigia è fatta. Ora vado fuori, non migliorerà il mio stato d'animo, ma voglio rivedere per l'ultima volta le stelle seduta nel suo meraviglioso giardino.

E' un amore travolgente, ma come tutte queste passioni, si trasforma alla stessa velocità che lo ha visto nascere.

Piangere non risolverà nulla, ma mi permetterà di sfogarmi.

Voglio andarmene a casa nel 2015.

Rodolfo: Come puoi pensare di andartene. E dove andresti e cosa faresti?

Non rimango dove non sono gradita, e sono sostituita il giorno dopo che mi hanno sposato. Dove i sentimenti che sembrano poter sconfiggere feroci draghi, si perdono di fronte alle smancerie di un'altra donna. Io valgo, e non sono il giocattolo di nessuno. Pertanto, ti pregherei di non importunarmi ulteriormente, domani toglierò il disturbo. Ti chiedo solo di presentarmi qualcuno che possa offrirmi un lavoro, affinché possa sopravvivere nel 1926. Mi manca tanto la mia famiglia, voglio ritornare a casa.

Rodolfo: Hai ragione tu, come posso pretendere che tu capisca i meccanismi perversi di questo mondo. Un mondo di star, divi, dove i valori sono effimeri. Come ho potuto dare importanza a tutto questo. Non ti merito, lo sapevo che non sarebbe durata.

Domani ti farò portare da un mio conoscente e avrai tutto ciò che ti serve.

Stronzo!

Rodolfo: Dove corri?

Vado via subito, sveglia qualcuno che mi accompagni o me ne andrò a piedi.

Muoviti fallo subito!

Rodolfo: Che cosa dici amore. Non puoi.

Tu e il tuo pessimismo andate al diavolo.

Muoviti!

Stronzo fino in fondo, è andato a chiamare qualcuno.

Ma come ho potuto credere a un attore, a uno che può avere tutte le donne che vuole. Non poteva rivolgere le sue attenzioni altrove? Non vedo l'ora di andarmene, mi sento come se mi avessero trafitto il cuore.

Sto per svenire. No, non ora. Svengo.

12 luglio 1926 ore 10:00

Dove sono?

Sono in una stanza che non conosco. Dove mi avrà portato?

Osservando dalla finestra, riconosco Santa Monica, quindi sono ancora a Falcon Lair. Che strano, il letto è pieno di calle. Ci sono anche petali di rose rosse.

Mi piacerebbe tanto che ritornasse tutto come prima.

Quanto mi manca ogni aspetto di lui. Non voglio che finisca, desidero abbracciarlo, stringerlo e ritrovare la felicità.

Forse quelle calle indicano che non ha smesso di amarmi.

Ora corro nella nostra stanza e lo soffoco di baci.

Buongiorno Mariella, il signor Valentino è nella nostra stanza?

Mariella: No, è andato via, ma credo che fosse una commissione veloce.

Grazie.

Ora vado, mi sdraio sul letto e lo aspetto.

Apro la porta.

Ma..... Non posso credere... Bastardo!

Mi lavo e vado via.

Questa situazione mi sta uccidendo, non mi è rimasto più nulla nello stomaco, se non sapessi che è impossibile, crederei di essere incinta.

Mariella scusi, c'è un'altra auto che mi possa accompagnare in paese?

Mariella: Sì, provvedo subito.

Non devo piangere. Devo essere forte. Non resisto, sto troppo male. Porco!

Addio Falcon Lair, mi mancherai.

Buongiorno Luca.

Mi porti in paese da Musso Franks Grill per favore.

Luca: Certo Signora.

Grazie, la prego si allontani velocemente da Falcon Lair.

Rodolfo: Mariella dov'è Anna?

Mariella: E' andata via. Quando si è alzata, ha chiesto di lei.

Sapendo che lei sarebbe tornato a breve, ha deciso di attenderla nella vostra camera. Ma quando ha aperto la porta, il suo viso è impallidito ed è scappata via sconvolta. Con le lacrime agli occhi ha chiesto di essere accompagnata da Musso Franks Grill. Luca l'ha accompagnata.

Rodolfo: Aspetti voglio capire perché era sconvolta.

Mariella: La stanza non l'abbiamo ancora rifatta signor Valentino.

Rodolfo: No! Ha frainteso. Ecco perché è scappata.

Mariella: Signor Valentino, mi permetta di consigliarle di procedere lentamente in auto, o non sarà di nessun aiuto alla signora Anna.

Rodolfo: Grazie Mariella, lei è la persona più saggia che io conosca. I suoi consigli sono sempre preziosi.

Rodolfo: Ha equivocato, ma non pensavo che si svegliasse così presto.

Rodolfo: Arrivo amore, non fare cose avventate. Non sei in grado di gestire la situazione. Rischi di farti male, non conosci nulla in questo periodo.

Mi manchi da morire.

Il tragitto che mi separa da lei sembra interminabile. Dio, ti prego, fa che non le accada nulla, non resisterei. Come posso passare una sola ora senza di lei.

Perché sono stato così stupido e "stronzo", come mi ha definito lei. Ti prego Dio, proteggila. Permettimi di arrivare in tempo per spiegarle tutto.

Ti scongiuro.

Sono arrivato. Un parcheggio alla rinfusa andrà benissimo.

Rodolfo: Frank dov'è Anna?

Frank: E' uscita poco fa, mi ha lasciato la valigia dicendo che sarebbe passata più tardi a ritirarla, ed è andata.

Rodolfo: Hai intuito, dove intendesse andare?

Frank: No, piangeva e non si capiva nulla, ma l'ho vista svoltare a destra e proseguire lungo il viale.

Rodolfo: Grazie Frank. Scappo, ci vediamo dopo.

Eccola. Ma arriva un'auto!

No, attraversa e non si è accorta che è sul suo percorso.

Rodolfo: Credo di aver volato. Anna come stai?

Siamo per terra e mi fa male il braccio. Come credi che stia? Perché lo hai fatto?

Rodolfo: Stavi per essere investita.

Deve essere il mio destino essere salvata.

Sono scossa, ma sempre nervosa.

Mi rendo conto però di doverti ringraziare.

Rodolfo: Ringraziami ascoltando le mie spiegazioni.

Dammi la mano, alziamoci.

Piccola, hai gli occhi gonfi. Che strano il tuo silenzio.

Questa non è la mia Anna.

Ascoltami.

Ieri sera avevo bevuto anch'io e, non essendo mia abitudine, ho perso il controllo delle mie facoltà. La continua presenza di Charlie al tuo fianco ha offuscato la mia mente. Sembrava che non esistessi. Quando Pola ha incominciato ad amoreggiare, ho ritenuto che fosse giusto. Volevo che capissi quanto le donne sono follemente innamorate di me.

Poi in giardino hai detto quelle cose terribili che mi hanno ferito profondamente. Volevi andartene.

Con quello che avevo fatto per te!

A quel punto, sono corso in camera e mi sono gettato sul letto. Non lo nego: ho pianto. Girandomi ho visto il tuo cuscino, e mi sono inserito tra le tue lenzuola per abbracciarlo meglio.

Mi mancavi da morire, non volevo che te ne andassi. Allora ho deciso che appena mi sarei svegliato avrei preso l'automobile, comprato un cestino da picnic e finalmente saremmo andati al mare.

Quando sono tornato Mariella mi ha detto che eri entrata in camera e ne eri uscita sconvolta. Ho ripercorso i tuoi gesti, per capire cosa avesse potuto sortire un tale effetto, e ho compreso.

Avevi pensato che nel letto c'era stata un'altra donna.

Come hai potuto crederlo?

Che cosa credi che io sia?

Un mostro insensibile?

Nemmeno l'attore più bravo del mondo avrebbe saputo recitare una parte così intensa per tanto tempo.

Perché, invece di essere sempre così impulsiva, non rifletti.

Io ti amo. Secondo te, potrei mai fare una cosa del genere?

Se fossi entrato tu in quella stanza, cosa avresti pensato?

Non avresti tratto le stesse conclusioni?

Rodolfo: Non lo so, ma forse ti avrei dato più fiducia e avrei chiesto dei chiarimenti.

No, ieri sera avevo creduto che avessi dato disposizioni per mandarmi via.

Rodolfo: Io non l'ho mai né detto, né pensato. Eri tu che volevi andartene.

Le donne non pensano mai quello che dicono quando sono arrabbiate, diventano melodrammatiche per sondare il terreno e lasciare all'altro il compito di rimettere a posto la situazione. A quanto vedo tu non lo avevi capito!

Rodolfo: No, perché i fumi dell'alcool non me l'hanno permesso.

Da oggi mai più vino.

Rodolfo: Mi sembra chiaro.

Riesci a perdonarmi?

La tua spiegazione è logica, ma io ho sofferto troppo.

Confesso che avrei voluto ricevere dei chiarimenti come questi, ma ora che ti ascolto, non riesco a fidarmi.

Rodolfo: Chiudi gli occhi, dammi la mano. Ora la metto sul mio cuore. Dimmi cosa avverti?

Un battito accelerato. Un respiro agitato. Percepisco paura.

Rodolfo: Sì, quella che tu non possa capire.

Non ho fatto nulla, se non comportarmi da stupido.

Ti prego, ricorda tutte le cose che abbiamo fatto insieme. Rammenti il salto da Frank?

La nuova casa.

Quando abbiamo fatto l'amore per la prima volta a Falcon Lair.

Sì, nella vasca da bagno.

Credo di aver capito.

Sei adorabile anche con il viso contrito dalle preoccupazioni.

E ora?

Rodolfo: Andiamo da Frank e riempiamo di cibo il cestino che ho comprato.

Dimenticavo, recuperiamo la tua valigia e andiamo al mare.

Non ho il costume!

Rodolfo: Non credo sia un ostacolo per noi.

12 luglio 1926 ore 13:00

Il mare!

Non sono ancora completamente rilassata, ma ora mi è chiaro che esistono troppi pericoli pronti a incombere su un amore così grande.

Avere il capo chino sulla sua spalla mi consente di ritornare quasi alla normalità. Una normalità che non ha nulla a che spartire con questo termine, ed è in grado di cullarti verso il tepore che solo la calma può produrre senza una fiamma.

Perché ti fermi?

Rodolfo: Non mi sento bene.

E' l'ulcera?

Rodolfo: Sì. In questo momento il dolore è troppo forte.

Non dovremmo intervenire?

Rodolfo: Non ora.

Rodolfo guardami!

Ti fidi di me?

Ora passa.

Forza, guido io.

Rodolfo: No, la Voison no!

178

Accidenti, ti sei già ripreso.

Ci tieni alle tue auto.

Rodolfo: Sì. Ne ho comprata una spettacolare, che ho nascosto nel garage della nuova casa affinché tu non la vedessi.

La terza Isotta?

Rodolfo: Ci sei vicina.

Che modo insolito di esprimerti.

Rodolfo: Dimenticato tutto!

Che cosa fai cambi discorso? Alludi alla lite?

Rodolfo: Sì.

Forse, devo riflettere.

Rodolfo: Ferma! Lo so, stai per inarcare il sopracciglio.

E tu ti sei ripreso.

Rodolfo: Sei magnifica.

Restiamo qui, è isolato. Immagino che Santa Monica sia molto affollata.

Rodolfo: Perché no?

Avresti dovuto dire: "Mi sei piaciuta!"

Rodolfo: Ma tu mi piaci sempre non solo adesso.

Perché ridi?

E' un modo di dire! Nascono tra di noi delle incomprensioni uniche nel loro genere. Parliamo in modo completamente diverso pur utilizzando la stessa lingua.

Che cosa fai ti spogli? Nudo!

Rodolfo: Dovresti esserci abituata. Ricordi il lago?

Anche questa volta ti avranno visto il ciondolo.

Rodolfo: E com'era?

Caratterizzante.

Rodolfo: Da latin lover?

Non so come lo debba avere, ma credo fuori dal comune.

Rodolfo: Direi di sì. E quindi?

Quando torniamo a casa, prenderò il centimetro e ti risponderò.

Rodolfo: Stupida, meriteresti la solita sculacciata.

Vieni in acqua, vorrei insegnarti a nuotare.

Ma io nuoto bene.

Rodolfo: Ma tu i miei film li guardavi con i paraocchi?

Perché?

Rodolfo: Dovevi dire: va bene insegnamelo. Fingendo di annegare affinché io potessi salvarti.

Creando in me la sensazione di essere indispensabile.

Perché avrei dovuto, conosco tutti gli stili e forse ti batterei.

Rodolfo: Non hai capito nulla. Mi arrendo.

Annego Rodolfo salvami!

Rodolfo: Per niente credibile.

E' vero, ho incastrato il piede in una roccia, ti prego vieni!

Rodolfo: E' vero! Trattieni il respiro, arrivo.

Grazie Rodolfo. Oggi sei il mio eroe.

Rodolfo: No, hai inarcato ancora il sopracciglio! Bugiarda, questa volta non la passi liscia.

Ricordati il borseggiatore.

Rodolfo: Al diavolo, è l'ultimo dei miei pensieri.

Non si usano questi termini nel 1926.

Rodolfo: Ora vedrai cosa si può fare nel 1926.

Fiatone!

Non sono io l'asmatica?

Rodolfo: Sì, ma oggi non sono in forma, domani, però sarò imbattibile.

Va bene.

Che giorni meravigliosi abbiamo trascorso, ci siamo divertiti come dei ragazzini. A parte qualche svenimento, credo di non avere mai avuto una salute così di ferro.

E' incredibilmente simpatico. Con lui mi diverto e mi rilasso. Che vita romanzata, proprio quella che chiunque si aspetterebbe leggendo un libro d'amore.

Speriamo che sviluppando le sue idee riusciremo a pubblicarlo. Ogni tanto mi chiedo se questo "coso", che adorna il mio collo, sia realmente un registratore, e come possa registrare tante ore. Dopo il 23 agosto, me ne dovrà di spiegazioni!

Devo essere fiduciosa. Ora lascio un messaggio alla mia famiglia.

Vediamo...

Mamma e papà, ho pensato che questo fosse l'unico modo per farvi giungere un mio messaggio.

Nel libro che state leggendo non ho cambiato il mio nome, perché permette che mi si identifichi facilmente.

Papà, tu hai sempre saputo quale fosse la mia passione per gli anni '20. Mi hai regalato i proiettori di questo periodo e tanti altri oggetti, ma certo non avresti mai pensato che si potesse viaggiare nel tempo.

Per la verità sembra assurdo anche a me che lo sto vivendo.

Quando leggerete quello che ho scritto, io sarò morta da diversi anni, quindi vorrei ricordaste quello che sto per dirvi.

Sono felice, immensamente felice. Lo sono stata anche con Claudio, che ricordo con tanto affetto. Negli ultimi anni ci eravamo allontanati, ma non è mai cambiato l'affetto che provavo nei suoi confronti. Devo essere sincera, mi manca tanto e gli auguro di trovare una persona che lo ami, come ho fatto io per tanti anni.

Questo però non cambia quello che provo per Rodolfo. Io sono profondamente innamorata di lui. Non posso negare i miei sentimenti, anche perché se siete giunti a questo punto del libro, sono chiari.

Spero, che vi stiate divertendo con i vostri amici.

Mamma, devi sapere che, anche se non conosco il motivo, non prendo più medicinali.

Non sono mai stata meglio!

Spero che quello che abbiamo progettato Rodolfo ed io, vada in porto. Potete però essere sicuri di una cosa, che avrò una vita piena di amore, serenità e senza problemi finanziari. Conoscere la storia mi consentirà di gestire anche l'anno 1929 e quello che accadrà in seguito.

Vi voglio bene, non scordatelo mai.

Un forte abbraccio dal passato.

Anna

Ora vado a dormire, domani organizzeremo la partenza. Conoscerò finalmente New York.

Piangerò quando dovrò salutare Falcon Lair, lo so che è solo una casa, ma è entrata a far parte della mia nuova vita e mi mancherà.

Buonanotte.

16 luglio 1926 ore 16:00

Stiamo per prendere il treno che ci porterà a New York.

Mi sento elettrizzata all'idea di vederla. Scoprirla in questo periodo aggiungerà una nota in più a questa frizzante melodia. Peccato che non abbiano ancora costruito l'Empire State Building.

Nessun problema, lo vedremo nel 1931, quando lo avranno ultimato.

Il viaggio è molto lungo, e Rodolfo ha prenotato uno scompartimento con le cuccette. Ci vorranno sei giorni per arrivare, perché ci fermeremo alcuni giorni a Chicago.

A breve è il mio onomastico, e mi ha regalato una stilografica di Cartier, che aveva comprato in quei lunghi periodi di assenza. E' impreziosita da alcuni brillanti.

Rodolfo ha un gusto ineccepibile. Al nostro ritorno però dovrà contenersi. E' un po' spendaccione!

22 luglio 1926 ore 20:00

Sono a New York! Non poterlo raccontare a tutte le persone che conosco mi rende un po' triste.

Mi mancate! Questo è quello che sento nei vostri confronti, e spero che ora lo possiate leggere.

Rodolfo: Io non ti basto?

Scusami, non intendevo questo. Tu non ti sentiresti un po' solo?

Rodolfo: Sì, ma guardandoti mi passerebbe tutto.

Grazie delle tue parole, sai sempre rincuorarmi!

Rodolfo: Ora andiamo all'Ambassador Hotel, dobbiamo riposare. Domani ti porterò a visitare Tiffany.

Perché proprio quello?

Rodolfo: Ho visto l'orologio che avevi sulla scrivania e c'era scritto che proveniva da Tiffany. Ho pensato che sarebbe stato carino che tu lo visitassi.

Preferirei vedere la statua della libertà. Ho ammirato tante fotografie e ora finalmente potrò osservarla da vicino.

Guardandola voglio immaginare le sensazioni che hai provato la prima volta che l'hai vista.

Torneremo a vederla dopo il 23 agosto?

Rodolfo: Sì, amore.

Appena saremo in camera, dovrò farti conoscere il mio assistente. Ricordi, gli ho espressamente chiesto di non venire a Los Angeles perché volevo stare con te, ma lui mi sarà di grande aiuto in questo periodo.

Ricordo, va bene.

Mi vedi un po' distratta perché sono in ansia.

Rodolfo: Rilassati andrà tutto bene.

Tu semplifichi troppo.

Rodolfo: Sì capo, ti voglio vedere sempre con il sorriso sulle labbra.

Lo so che a volte le smorfie sul mio volto mostrano quanto io soffra. Sicuramente durante l'incontro di pugilato cui ho partecipato prima di conoscerti, alcuni colpi che mi sono stati assestati hanno intensificato il dolore.

Ora siamo qui, pronti a creare il nostro futuro insieme.

Ecco il mio assistente.

Rodolfo: Ti presento Anna.

Nice to meet you.

Rodolfo: Lui ti riporterà da New York a Los Angeles dopo il 23.

Va bene.

Rodolfo: Ora vai a dormire, io devo parlare di molte cose con lui. Prima però devo darti il bacio della buona notte.

A domani.

Il mio entusiasmo va scemando, i giorni trascorrono troppo velocemente e la paura incomincia a prendere il sopravvento. Troverò quel poco di coraggio che mi è rimasto e cercherò di non trasmettere a lui queste mie incertezze.

In fondo potrebbero realmente essere i suoi ultimi giorni, e non voglio che li trascorra angosciandosi per me.

Buonanotte.

23 luglio 1926 ore 10:00

Stiamo tentando di raggiungere la statua della libertà, ma ci sono dei lavori lungo la strada ed è impossibile. I cantieri sono ovunque, riesco solo a intravvederla.

Rodolfo, non è importante, torneremo a visitarla un'altra volta.

Rodolfo: Corri pigrona del 2015, devo farti vedere una cosa importante.

Non ne ho voglia.

Ora ho capito! Corriamo perché siamo inseguiti.

Rodolfo: Dopo il 23 non accadrà più.

Lo spero, perché non abbiamo più venti anni.

Rodolfo: Entra in questo portone.

Non posso farne a meno, devo abbracciarti. Posso?

Che formalità, non chiedi mai il permesso.

Rodolfo: Taci.

Accidenti, che bacio passionale.

Rodolfo: Perché mostri la boccuccia in modo così pronunciato?

Bis.

Wow, sento i formicolii sulle labbra. Sembrava volessi mangiarmi il labbro.

Rodolfo: Stavo solo giocando, ora passo ai fatti.

Peccato che possiamo solo amoreggiare in questo portone.

Rodolfo: Saliamo, qui abita un mio amico.

E… Poi.

Rodolfo: No, non faremo quello che pensi. E' passato molto dall'ultima volta che ci siamo visti e vorrei salutarlo.

Ti prego nel libro non scrivere il suo nome.

Va bene.

Rodolfo: Bussiamo.

Rodolfo: C'è il signor…?

Maggiordomo: Sì, signor Valentino. Si accomodi, lo avverto subito del suo arrivo.

Rodolfo: Grazie infinite.

Che bella casa. E' una persona importante?

Rodolfo: Sì molto.

La casa è in stile liberty. I lumi sono raffinati e la vivacità dei colori rappresenta a pieno il decennio scorso.

Una grande pelle di orso è collocata vicino al camino. Sempre in prossimità, c'è una poltrona dal taglio minimalista che si accompagna a un tavolino in stile cinese, molto di moda in questi anni. Deve essere rilassante leggere un buon libro in questa stanza, riscaldati dal tepore delle fiamme prodotte da quella legna che s'intravede.

Che profumo che proviene dalla cucina.

Ho fame!

Rodolfo mi brontola lo stomaco.

Rodolfo: Non possiamo presentarci e chiedere di ospitarci per pranzo.

Io saprei come fare.

Rodolfo: Non ho dubbi. Controllati.

Ospite: Ciao Rodolfo. Non sapevo fossi in compagnia, mi presenti?

Rodolfo: Ecco Anna.

E' un piacere fare la sua conoscenza.

Ospite: Immagino che Rodolfo l'abbia tenuta nascosta per evitare di dover competere con altri contendenti.

Lei mi lusinga. Ma è in errore: Rodolfo ed io siamo solo conoscenti.

Ospite: La prego si accomodi, voglio sperare che sarete miei graditi ospiti per pranzo.

Non sono certa che sia possibile, abbiamo degli impegni.

Rodolfo: Possiamo rinviarli a dopo. Sarà un piacere per noi accettare. Sarà anche un modo per riuscire a parlare di quanto è accaduto dall'ultima volta che ci siamo visti.

Ospite: Allora vado a dare disposizione in merito.

Quanti italiani ci sono in America. Come sono andata?

Rodolfo: Perfetta! Avevo il terrore che avresti detto frasi troppo dirette, invece ho apprezzato il modo in cui hai passato a me la facoltà di decidere.

Ai miei tempi si sarebbe detto "scrocconi". Ci siamo presentati all'ora di pranzo, c'è poco da aggiungere.

Rodolfo: Siamo amici, non è questo il caso. Comunque anche oggi si è identificati come "scrocconi".

Ospite: Quando sei arrivato?

Rodolfo: Siamo in città da ieri.

Ospite: Siamo?

Rodolfo: Sì, anche la signora Anna vive a Los Angeles. Doveva venire a New York per delle commissioni e abbiamo fatto il viaggio insieme. Oggi mi sono offerto di mostrarle questa magnifica città.

Ospite: Capisco. Rodolfo, non hai ancora fumato una sigaretta, hai forse smesso?

Rodolfo: Sì. Molte persone non amano l'odore della sigaretta.

Ospite: Anna, lei fuma?

No, non mi piace.

Ospite: Capisco.

Rodolfo: Hai comprato qualche nuova tela?

Ospite: No, non ho avuto tempo. La politica mi assorbe troppo.

Prego, possiamo accomodarci.

Anna, lei è molto silenziosa.

In realtà no, ma sto osservando la sua casa perché la trovo curata nei dettagli.

Ospite: E' stata mia moglie a occuparsi di tutto. Purtroppo, da quando non c'è più, il tempo sembra essersi fermato. Si può perdere la persona che si ama, ma non ti abbandonerà mai. Il suo ricordo rimarrà indelebile in tutto quello che ti circonda. I bei momenti che hai condiviso con lei non svaniranno con il tempo. Era una persona speciale, e il fatto che non sia più con noi non cambia questa realtà. Se lei è innamorata, può capirmi.

Sì, come non lo sono mai stata in vita mia.

Io non riesco, però, a immaginare come si possa sopravvivere a un amore così grande.

Ospite: E' impossibile, ma la vita crea delle circostanze per le quali sei costretto a combattere. E sopravvivi.

Non voglio rattristarla ulteriormente. Voglio sapere quali novità provengono dal mondo della celluloide.

Cosa mi racconti Rodolfo, ho saputo che a breve vedremo il tuo nuovo film.

Rodolfo: Sì, a settembre lo proietteranno. Il titolo è "The son of Sheik".

Ospite: Ho sentito anche che i film avranno il sonoro.

Rodolfo: Sì, nei prossimi giorni farò dei provini. Nel mio prossimo film, le mie fan potranno ascoltare la mia voce.

Ospite: Conosci già la trama?

Rodolfo: Non ne posso parlare.

Ospite: E' quasi un segreto di stato.

Rodolfo: Devi sapere.........

15 agosto 1926 ore 19:00

Sono finalmente riuscita a comprare delle bottiglie d'acqua e posso tornare in stanza da Rodolfo. Caspita, mi sono cadute per terra. Un brivido mi ha percorso tutta la schiena e sono scivolate via. Che stranezza.

Come vola il tempo a New York. E' una città un po' caotica, ma eccezionalmente viva. Anche l'architettura è accattivante, merita proprio di essere visitata in qualsiasi periodo.

Assistente: Venga subito, ho chiamato un'ambulanza, il signor Valentino è riverso sul pavimento, è vivo, ma deve avere qualcosa di serio.

Si faccia dire dove lo porteranno e prenderemo un taxi per raggiungerlo.

Rodolfo mi senti. Ti prego amore riprenditi sono io.

Con me non devi fingere, guardami.

Rodolfo svegliati!

Parlami!

Mio Dio, ma tu stai male sul serio, non fai finta.

No! Ti prego, non è possibile. No, non deve accadere.

Alzati dobbiamo tornare a Los Angeles.

Sollevati, dobbiamo fare l'amore.

Ti prego reagisci.

Non puoi farmi questo. Non pensare, nemmeno per un istante, di lasciarmi da sola nel 1926. Svegliati, ti supplico.

Amore mio.

Assistente: Sono arrivati.

No, non voglio.

Assistente: Venga prendiamo un taxi per andare Polyclinic Hospital.

Aspetti un secondo, devo prendere la borsa. Le vitamine!

16 agosto 1926 ore 5:00

Assistente: Hanno detto che lo devono operare, credono sia l'ulcera.

Grazie, mi tenga informata per cortesia.

Le attese mi logorano. Pur sapendo che l'operazione andrà bene, sono preoccupata. Spero di poterlo raggiungere per consegnargli le vitamine.

Dio ti prego aiutaci.

Non so da quanto tempo sono in quest'ospedale. Credo siano le otto di sera e dovrebbe essere lunedì.

Finalmente ho saputo che l'operazione è andata bene, ma non mi permettono di vederlo. C'è un caos pazzesco. Entrano ed escono infermieri e dottori dalla sua stanza. Nella mia mente regna una confusione totale, ma devo escogitare un modo per raggiungerlo.

Sono giorni che non mangio, ma è necessario che io beva.

Infermiera: Anna Piccolini!

Sono io. Alzo la mano affinché mi capisca. No, mi sento svenire, metto gli antibiotici nel reggiseno...

Dove sono? Mi stanno visitando. Sorridono tutti e mi abbracciano. Non capisco cosa mi dicono, ma sembrano contenti. Io spero solo che mi portino subito da Rodolfo.

Che cosa starà dicendo l'infermiera a Rodolfo.

Rodolfo: Ciao Amore.

Non parli.

Sono messo male? Sono brutto?

Non mi fissare in quel modo. Ricordi, devi darmi l'antibiotico.

Eccolo.

Rodolfo: Devo guarire, o non servirà quel manichino di cera creato per impersonificarmi durante la veglia.

La prossima pastiglia la prenderò tra venti ore per sicurezza. Devo riprendermi.

C'è una cosa importante che mi ha riferito l'infermiera.

Cosa?

Rodolfo: Ora ho un motivo in più per vivere. Sto per diventare papà.

E chi è la fortunata?

Non è il momento di litigare.

Rodolfo: Stupida, sei tu.

E' impossibile e tu lo sai.

Rodolfo: Quanti anni dimostri?

Non lo so, ma meno della mia età.

Rodolfo: Ti spiegherò più avanti, ne hai molti meno e aspetti nostro figlio. Amore, stai per diventare mamma!

Incinta, e come farò? Tu ci sarai vero?

Rodolfo: Non preoccuparti amore, andrà tutto bene.

Baciami. Ora dovrai andare con il mio assistente che ti porterà a Los Angeles,
poi prenderai il treno come ti ho mostrato e andrai a casa.

Non voglio lasciarti, voglio stare con te. Ti prego...

Rodolfo: Non puoi, ma di una cosa devi essere sicura: io tornerò da te. Nulla mi
può tenere lontano.

Ora devo riposare.

Vai amore, ti prego sii forte per entrambi, anzi per tutti e tre.

Ti amerò per sempre, fino a quando esalerò il mio ultimo respiro. Ti aspetterò
a casa, sei l'amore della mia vita.

Rodolfo: Mi hai reso l'uomo più felice del mondo.

Baciami e vai amore.

23 agosto 1926 ore 12:15

Mio Dio ti prego, ho bisogno di sapere che è vivo.

Secondo tutte le biografie che ho letto, ora Rodolfo Valentino dovrebbe essere morto.

Devo conoscere la verità. Lui non può sparire dalla mia vita.

Che ne sarà del mio bambino.

Le mie conoscenze sono inadeguate.

Non so cosa fare se si ammala.

Forse non sa nulla nemmeno lui, ma almeno saremo in due.

Dio ti prego, fallo vivere!

Non portarmelo via, ti scongiuro.

Lo so che non dovrei agitarmi, ma mi sembra di impazzire.

Amore mio, non posso vivere senza di te.

Torna perché mi manca tutto.

Mi mancano le tue carezze, il tuo modo di abbracciarmi e di scherzare, ma soprattutto le nostre risate, e vorrei che nostro figlio potesse sentirle.

Ora mi calmo.

Piccolo, vedrai che la mamma sarà in grado di cavarsela e crescerai sano, forte, ma soprattutto bello come papà.

Guglielmi, ovunque tu sia, sarai orgoglioso di me.

Ti amerò per sempre.

23 settembre 1926 ore 15:00

Accidenti quanti conti! Avere studiato anche ragioneria mi è tornato davvero
utile. L'agricoltura però era un mondo a me sconosciuto. Ora sono quasi
un'esperta e posso citare anche le fasi lunari: il ventuno settembre è iniziata la
luna piena, e ora siamo nell'ultimo quarto che è iniziato il ventotto sempre di
questo mese. Sono orgogliosa del mio lavoro, e queste informazioni sono basi-
lari per quello che sto creando. Coltivare la terra però è veramente stancante,
per fortuna c'è anche Giovanni.

Ho trascurato il libro, ma è arrivato il momento di ultimarlo. Ora la gravidanza
è più accettabile, e sto sicuramente meglio: non svengo più!

Voglio che il mio bambino senta l'allegria, la voglia di vivere che ci ha sempre
contraddistinto.

L'unica perplessità è sull'utilizzo di questo registratore.

Ecco, premo uno dei due pulsanti e vediamo cosa succede.

Oh mio Dio, ma questo è Rodolfo!

E' lui, sembra quasi presente. Non capisco, lo vedo e non è una proiezione sul
muro: è nel vuoto. Sembra che sia qui, ma non posso toccarlo. E' forse un ologramma? Ma com'è possibile, siamo nel 1926.

Ma questo "coso" cos'è?

Parla...

Ciao Amore, ti sto osservando tra i campi. Sei curiosa come sempre. Non so se riuscirò a ritornare da New York, per …..

Non riesco a trattenermi. Dio mio aiutami, mi manca da morire. Non posso farcela. L'ha registrato qui quando mi ha accompagnata la prima volta, penso fosse il 4 luglio.

Ti prego Dio dammi la forza.

Amore, se il nostro bambino è maschio, lo chiamerò Rodolfo, e come potrebbe essere diversamente.

Rodolfo: No, lo chiameremo Alberto, come mio fratello.

Rodolfo, ma sei tu. Sei tornato.

Rodolfo: Fermati, mi fai cadere.

Ma sei………

Morto o vivo?

Rodolfo: Vivo.

Segue…..

PS: Ringrazio mio marito Roberto Puma per il supporto morale nella realizzazione del libro.

Maria Pasquinelli per essere stata la mia proof-reader.

Rodolfo Guglielmi per avermi ispirata in questo libro di pura fantasia

Rodolfo: Pensi che le donne mi trovino eccitante leggendo il libro?

Anna: Chi lo sa…!

Sitografia

http://www.rudolph-valentino.com/ Sito che raccoglie informazioni sulla vita di Rodolfo Valentino e la dimora Falcon Lair gestito da Donna Hill 1997-2011. URL consultato il 3 maggio 2015.

https://it.wikipedia.org/wiki/Rodolfo_Valentino Raccolta completa di informazioni sulla vita di Rodolfo Valentino. URL consultato il 7 maggio 2014.

http://www.beltranmasses.com/biografia-beltran-masses/ Sito che narra la vita, la raccolta e le esposizioni delle opere di Federico Beltran Masses. URL consultato il 30 giugno 2015.

https://it.wikipedia.org/wiki/Louis_Sullivan Informazioni relativi all'architettura sviluppata da Louis Sullivan. URL consultato il 5 luglio 2015.

http://www.treccani.it/enciclopedia/frank-lloyd-wright/ Informazioni relativi all'architettura sviluppata da Frank Lloyd. URL consultato il 5 luglio 2015.

https://it.wikipedia.org/wiki/Robie_House Informazioni relative a Robie House di Chicago. URL consultato il 5 luglio 2015.

http://www.scuoladeisapori.it/ Informazioni relative ai corsi di cucina e al suo Chef Roberto Puma. URL consultato il 4 maggio 2014.

http://mussoandfrank.com/history/ Storia del ristorante Musso & Frank Grill.   URL consultato il 1 luglio 2015.

http://www.movies.com/actors/rudolph-valentino/rudolph-valentino-movies/p284767 Alcuni film di Rodolfo Valentino. URL consultato il 6 maggio 2014.

http://www.tcm.com/tcmdb/title/326475/The-Son-of-the-Sheik/ Note relative al film "The son of Sheik". URL consultato il 10 luglio 2015.

Autostrada: Strada a più corsie che richiede il pagamento di un pedaggio per essere percorsa.

ASL: Organo di controllo che verifica che vengano rispettate le norme igieniche per la produzione degli alimenti

Autogrill: Area di sosta sull'autostrada per effettuare i rifornimenti di carburante con zone adibite al ristoro.

Cellulare: Telefono senza fili di piccole dimensioni.

Citofono: Dispositivo che mette in comunicazione l'interno dell'abitazione con il campanello posto all'esterno del fabbricato.

Computer: Evoluzione della macchina per scrivere e delle macchine di computo con un visore simile al caleidoscopio, sul quale viene proiettato quello che si scrive e quello che si ricerca su Internet.

Diane: Modello di auto francese.

E-mail: Posta inviata attraverso Internet.

Facebook: Diario personale condiviso con gli amici attraverso Internet.

File: è un documento nel quale si scrive ciò che in seguito deve poter essere riletto, corretto o stampato tutte le volte che si renderà necessario.

Google: Grande biblioteca consultabile con il computer.

Informatico: Persona che utilizza il computer.

Internet: Evoluzione del telegrafo con un archivio centrale che contiene informazioni che si possono vedere con il computer.

Lavastoviglie: Apparecchio nel quale si inseriscono i piatti che sono lavati senza l'intervento dell'uomo. Funziona per mezzo dell'elettricità ed è stata inventata nel 1924 da William Howard Livens, ma non si usa ancora in tutte le case.

Mappazzone: Termine dialettale che definisce un'insieme di ingredienti miscelati casualmente

MP3 (Lettore): Grammofono di piccole dimensioni che è in grado di suonare varie tipologie di canzoni.

Ologramma: Immagine di persona o cosa che viene proiettata nel vuoto senza la necessità di apporre un telo sul retro. Simile alla figura reale, ma senza la consistenza che la contraddistingue.

Outfit: Abito e accessori che concorrono a formare l'abbigliamento.

Programma: Modo attraverso cui si utilizza il computer.

Registratore: Evoluzione del telegrafono.

Skype: Telefono inserito nel computer che consente non solo la comunicazione, ma anche la possibilità di vedere l'interlocutore nel momento stesso in cui si effettua la chiamata.

Tablet: Computer di dimensioni ridotte.

Videata: Pagina del computer.

Word: programma che è stato inserito nel computer e ci consente di compiere tutte quelle operazioni di cui parlavamo prima.

What's up: Sistema di comunicazione testuale fra gruppi di persone che utilizzano il cellulare.

YouTube: Archivio contenente film consultabile usando Internet.

Anna ha un lavoro che ama, un marito sempre troppo impegnato e una grande passione… Rodolfo Valentino. Passa il suo tempo libero a guardare i film del grande seduttore, cercare notizie online su di lui e sognare di conoscerlo, vivere nei favolosi anni '20 e guidare la mitica Isotta Fraschini. Finché un giorno… Realtà o fantasia? Rodolfo (ma sarà proprio lui? O il suo fantasma?) Irrompe nella sua vita, portando amore, passione, mistero… Anna è confusa, le sue certezze vacillano. Tutto il suo mondo cambia, la sua vita piatta e regolare diventa improvvisamente piena, allegra, emozionante… E inizia l'avventura più incredibile della sua vita!

Anna Piccolini è autrice di testi aziendali, favole per bambini e poesie.

Non ha mai pensato di scrivere un libro sentimentale, perché non ha mai ritenuto che questo tipo di libro rispecchiasse la sua personalità.

I suoi studi informatici hanno sopito ogni desiderio di evasione.

Un bel giorno sono apparso io, un personaggio del quale conosceva solo il nome e la fama. Ho sconvolto la sua vita e l'ho costretta a riscoprire gli Anni Ruggenti che ha sempre amato.

Ora affronta tutto come se fosse una continua avventura.

Tocca a voi capire se è tutto frutto della sua fantasia.

Grazie Anna per quello che hai fatto per me.

Rodolfo Valentino

Finito di stampare nel mese di Dicembre 2015
per conto di Youcanprint *Self - Publishing*